Directeurs de collection : Raphaël Hodin, Aurélia Hermange-Hodin — Texte : Hugo La Haye — Conception : Victoria Dana — Impression : TYPO'Libris (U.E.)

ISBN édition papier : 978-2-38128-005-9

Hugo La Haye

JAUNISSE

Alopex
Éditions

Avertissement

Les personnages de ce roman étant réels,
toute ressemblance avec des individus imaginaires,
serait fortuite.
Raymond Queneau, *Le Dimanche de la vie*

Ce roman est une uchronie, dont l'évident caractère satirique mérite d'être rappelé ici. Les dialogues et intentions prêtés aux protagonistes, qu'ils soient des caractères fictifs ou des personnages publics réels, sont à ce titre parfaitement imaginaires et délibérément outranciers.

Cette fiction, au langage explicite, contient des scènes de violence, des représentations sexuelles et des programmes économiques et politiques pouvant heurter la sensibilité des plus jeunes lecteurs.

À Manu qui, tout compte fait,
ne méritait pas ça.

Prologue. Incubation

Paris, 8e arrondissement, un samedi soir de décembre 2018

Le projectile avait été lancé depuis la rue avec suffisamment de force pour atteindre la grande fenêtre entr'ouverte du premier étage, la traverser en rebondissant sur son cadre et exploser sur le parquet dans une gerbe de feu. Terrorisés, poussés de force par leur mère vers leur chambre, à l'arrière de l'appartement, les deux enfants, un garçon et une fille, se mirent à hurler. Le père, en chaussettes et bras de chemise, surpris devant son match de Ligue 1 du samedi après-midi (un Olympique Lyonnais toujours aussi friable était mené 2-0 par un LOSC étonnamment offensif), regarda autour de lui.

« Surtout pas d'eau, surtout pas d'eau ! » se répéta-t-il mécaniquement en essayant d'étouffer le feu avec le *plaid* qui, par chance, traînait sur le canapé du salon.

Après plusieurs minutes à combattre les flammes, l'homme parvint péniblement à éteindre le début d'incendie qui gagnait les rideaux. Essoufflé par l'effort et la peur, il remarqua alors le fracas qui venait de la rue. Après avoir éteint toutes les lumières et, en veillant bien à ne pas être aperçu des silhouettes qui couraient et s'agitaient frénétiquement, il put observer, ébahi, le spectacle de chaos qui se déroulait juste en bas de chez lui, dans ce quartier résidentiel d'habitude si tranquille.

Visiblement, le cocktail Molotov lancé par les émeutiers ne leur était pas particulièrement destiné, c'était déjà ça. Sur la chaussée, des individus masqués et revêtus de chasubles fluorescentes visaient méthodiquement les fenêtres allumées des premiers étages des immeubles haussmanniens. D'autres essayaient d'enfoncer une porte cochère, qui refusait de céder, défendue de l'autre côté par des habitants assiégés. « Fils de putes de bourges, on va vous fumer » hurla un grand type très énervé, et visiblement aussi très éméché.

Un peu plus bas, sur l'avenue, toutes les voitures et tous les scooters avaient été consciencieusement incendiés. Prises d'assaut, les boutiques étaient l'une après l'autre éventrées, pillées puis mises à feu. Même l'improbable et inoffensive librairie ésotérique qui avait, jusqu'à ce jour, tant bien que mal survécu à la flambée des loyers du quartier, disparaissait dans une fumée grasse.

« Samuel, ne reste pas près de la fenêtre, c'est dangereux.

– Oui, c'est bon, c'est bon, je sais. Ils ont l'air de se concentrer sur l'immeuble en face, ces pauvres tarés. Ça va, les enfants ?

– Terrorisés, qu'est-ce que tu crois. Mais c'est calme sur l'arrière de l'immeuble.

– Et les voisins ? Putain, j'y pense... C'était la profession de foi de leurs filles, ou un truc de cathos comme ça, aujourd'hui. Sympa, une petite émeute du bon peuple, pour égayer la fête...

– Je les ai aperçus par la fenêtre. Ils sont comme nous, ils se terrent en attendant que ça passe.

– Putain, et les flics, ils font quoi, c'est incroyable, ce chaos...

– Tu veux allumer les infos ?

– Non ! Hors de question qu'on continue à regarder cette saloperie de BFM TV. Tu as vu comment ils traitent d'égal à égal ces guignols qui ne savent pas aligner deux mots et des ministres ? Tout est bon pour garder les cons devant leur écran.

– À propos de ministre, tu ne veux pas appeler ton pote Maxime ? Il doit savoir ce qui se passe, lui...

– Je crois qu'il a d'autres chats à fouetter en ce moment. C'est la révolution, là-dehors. »

Dehors justement, des émeutiers hyper mobiles s'égayaient en enflammant ce qui leur tombait sous la main. Après de longues minutes, un groupe de CRS, lourdement harnachés et désespérément patauds, finit par remonter la rue au ralenti, engagés dans une poursuite toute symbolique des émeutiers. Soulagés, les habitants des quartiers bourgeois se mirent à applaudir timidement les représentants de l'ordre depuis leurs balcons. Dans ce spectacle « son et lumière » assez réussi, les gyrophares des véhicules de police allumaient de bleu les façades de pierre blonde. La scène rappela douloureusement à Samuel les images de la nuit d'horreur du 13 novembre 2015.

Au loin, Paris continuait de brûler.

Chapitre 1. Infection

« C'est dans le vide de la pensée que s'inscrit le mal. »
Hannah Arendt

Thomas P.

Paris 8e arrondissement, 10 ans plus tard

Thomas repoussa le sac de couchage crasseux, se leva et jeta un coup d'œil autour de lui, l'esprit, comme souvent, brumeux et désorienté.

Autour de lui, le vaste salon d'un appartement haussmannien baignait dans une douce lumière matinale. On était déjà en avril. Par une grande fenêtre entr'ouverte, le parfum tiède d'un début de printemps tentait de se diffuser dans la pièce. Des effluves malheureusement bien trop légers pour recouvrir l'odeur des chiottes éventrées ainsi que celle, plus âcre, du shit froid, qui se disputaient la suprématie dans l'appartement. Thomas rota et, cherchant ses baskets élimées et son jean (sans doute roulé en boule quelque part), contempla la grande pièce. Brûlé par endroits, couvert de bouteilles de bières vides et de cartons de pizzas, le parquet de Hongrie était irrécupérable.

S'ébrouant, il se dirigea vers la grande cheminée et aperçut son reflet dans un des rares pans de miroir encore intacts. Il observa son visage émacié, ses cheveux coupés courts, et sa cicatrice mal recousue, qui attesterait pour le restant de ses jours de sa participation à d'épiques batailles de rue. Un vrai guerrier urbain, couturé et cabossé, mais finalement indestructible. Il se sourit à lui-même et baissa les yeux vers la cheminée. C'est là qu'il les vit. Une brune et une blonde, souriantes et toutes mignonnes dans leur robe de communion ou de confirmation, un truc de cathos réacs comme ça. La photo qui émergeait du tas d'immondices empilées là ne datait pas d'hier. Huit ans, dix ans, peut-être. Il y avait eu, autrefois, une famille qui vivait dans cet appartement, probablement heureuse et certainement aisée. Thomas baissa son boxer, en sortit un pénis mal lavé et urina sur la photo. « Sales petites putes bourgeoises », rigola-t-il, très fier de cette nouvelle victoire sur l'ordre ancien.

Dans l'entrée recouverte de tags, Thomas attrapa son blouson et en sortit un iPhone flambant neuf. La boucle de messages sur l'application Telegram lui indiqua qu'il devait participer à une AG préparatoire de son groupe deux heures plus tard. Une AG... Putain, il était vraiment devenu un bureaucrate de merde.

« Allez, *vamos, companeros* ! » Il enfila sa cagoule, qu'il retroussa en bonnet, ses mitaines renforcées aux jointures et son gilet jaune réglementaire. Hésitant entre une batte de base-ball en alu et une barre en fer arrachée sur un chantier, il les soupesa l'une après l'autre. La barre de métal faisait davantage guerrier urbain mais elle était rouillée. Elle lui avait écorché les doigts malgré ses mitaines, la dernière fois qu'il s'en était servi. Il opta pour la batte, qu'il avait, un jour, essayé d'entourer de fil barbelé, comme dans Walking Dead – mais les barbelés ne tenaient pas, glissaient invariablement et lui écorchaient tout autant les mains. Putain de *comics* américains, jamais réalistes.

*

Le Boulevard Malesherbes était vide, comme tous les jours, et comme tout le quartier. À part bien sûr les ordures calcinées et les épaves retournées qui le jonchaient, sans doute définitivement. Qui pourrait avoir désormais l'idée ou les moyens de remorquer ces bagnoles cramées ? Il n'y avait même plus de châtaigniers. Ceux-ci avaient été débités et brûlés il y a quelques années au cours d'un hiver où, à la surprise générale, il avait fait froid.

Thomas hésita. À gauche, vers le Parc Monceau et ses campements de clodos, puis vers Ternes et Wagram ? Ou à droite, vers le boulevard Haussmann et l'avenue de Friedland qu'il avait si souvent empruntés et saccagés. Il pensa à l'agence Crédit Lyonnais située à l'angle de la rue de Monceau et du boulevard Haussmann, qu'il avait personnellement bien dû défoncer et brûler cinq ou six fois, portes en verre, devantures et distributeurs inclus, avant que ces raclures de banquiers ne capitulent et ne la ferment définitivement. La nostalgie et une petite paresse (le boulevard était en pente) l'emportèrent et il se dirigea d'un pas nerveux vers le Boulevard Haussmann, en passant par la place Saint-Augustin.

La place Saint-Augustin... Le théâtre de plusieurs batailles mémorables avec ces bâtards de CRS en armures. Bien sûr, il ne restait aujourd'hui plus rien ni du Monoprix, ni du magasin de pulls pour vieux, Berteil, ni de l'agence BNP, ni même des cafés, si ce n'est un alignement de cavernes noircies.

L'église elle-même, avec son curieux style roman byzantin, ils l'avaient en fin de compte attaquée et brûlée. Pendant les troubles, sous la pression des fachos, les églises avaient généralement été épargnées mais celle-là, si bien située chez les bourges, d'une architecture si arrogante, une véritable provocation, n'avait pas trouvé grâce aux yeux des anars et des gauchistes. À tel point qu'à l'issue de leur pénible opération de partage du monde entre purs Casseurs et simples populistes, même les plus cathos parmi les fachos avaient abandonné Saint Augustin à son sort. On ne fait pas d'omelette sans casser des œufs, hein ? Tous ces hypocrites avaient regardé ailleurs quand les grandes orgues s'étaient embrasées, quand les flammes avaient fait exploser les vitraux et que la structure supérieure en métal de l'édifice avait fondu avant de s'affaisser, entraînant l'effondrement de la coupole dans la nef.

Faute d'une intervention des pompiers, qui avaient eu trop peur de se faire caillasser alors qu'aucune vie n'était en danger, Saint Augustin avait connu la destinée radicale qui avait été épargnée à Notre-Dame de Paris. Bien fait. Ni Dieu ni maître. Face au désastre et à la rage déferlant sur le malheureux édifice, seuls les Frontistes, avertis par quelques catholiques émus, avaient fini par gueuler pour que la statue équestre de Jeanne d'Arc, fièrement dressée sur la place devant le frontispice, soit quant à elle épargnée.

Quelques années après, il ne restait désormais de la basilique centenaire qu'une immense carcasse éventrée et noircie de cent mètres de long, dont les quelques chapelles adjacentes, encore abritées par un semblant de toiture, tenaient lieu de squats à un bataillon de SDF.

Tournant à droite sur la place, Thomas remonta le boulevard Haussmann, s'amusant à sauter d'un bloc de pavés à un autre, évitant les trous boueux et jonchés d'immondices qui éventraient la chaussée, comme un enfant facétieux éviterait de poser le pied sur les lignes entre les plaques de revêtement de trottoirs. Il regarda autour de lui et lut les quelques slogans anarchistes, révolutionnaires ou simplement drôles qui demeuraient visibles et transformaient les murs du boulevard en une frise transgressive et discontinue. « Macron et les CAC 40 voleurs ». « Gilet jaune, peur bleue ». « Macron tu nous pompe » (Ah ça, pensa Thomas, les Gilets Jaunes n'avaient jamais été de grands amis ni de la syntaxe, ni de la langue française en général). « Macron baise ta vieille pas les Français » (Ni de la cause féminine, d'ailleurs). « Système capitalisme = abolition ». « Trop de banquiers juifs, pas assez de gaz ». Thomas n'était pas peu fier d'avoir été l'auteur de certains d'entre eux, même si ses œuvres avaient été recouvertes plusieurs fois par d'autres artistes de rue. Mais tout ça, c'était avant, du temps de la lutte, quand le simple fait de taguer l'avenue de Friedland constituait une délicieuse insulte lancée à la face des bourgeois.

Thomas ressentit un peu de nostalgie monter en lui. À nouveau. Il n'y avait donc plus rien à casser, plus un symbole debout ni du capitalisme oppressif, ni du pouvoir dictatorial et ploutocrate de Macron le fils de pute, ni de la bourgeoisie corrompue ? Plus une voiture à cramer, plus une vitrine à exploser à la masse, plus une banque à défoncer, plus un bourgeois à tabasser ? Le vide avait été fait, et avec efficacité. C'était presque moche, presque dommage. Il cherchait en vain sa prochaine bataille, ça le démangeait. Un combat gagné est un combat perdu, lui avait doctement enseigné un compagnon trotskiste des années avant, parce que la révolution est comme une bicyclette : quand elle s'arrête, elle tombe. Ou alors c'était dans Rabbi Jacob, il ne savait plus. Ce qu'il ressentait en revanche viscéralement, c'est qu'il restait un vrai guerrier des rues, un révolutionnaire, pas un intellectuel de merde, pas un bureaucrate aux ordres de ces fils de pute du Triumvirat.

Au croisement de l'avenue de Friedland et de la rue Balzac, il avisa une carcasse de voiture dont le pare-brise, bien que fêlé à plusieurs endroits, tenait encore vaillamment debout. Un véritable cadeau du ciel. Étonnamment, ce n'était pas une voiture de bourgeois, mais un petit 4x4 Lada en piteux état. Quelques secondes plus tard, sa batte s'acharnait sur la vitre qui refusait d'éclater, s'étoilant et pliant comme du papier sale. C'est en pleine action que l'illumination surgit. Alors qu'il s'était réveillé dans le brouillard, ou peut-être à cause de cela, il ressentit littéralement des neurones se réveiller et connecter dans son cerveau ainsi que deux informations indépendantes combiner pour devenir une idée. Et d'idée, devenir projet. C'était incroyable, cette sensation d'intelligence. Il avait la même impression que lorsque son avatar découvrait et s'équipait d'une nouvelle arme plus puissante dans Call of Duty. Mais en plus exaltant, et en plus durable. Et en plus valorisant aussi, parce que la révélation venait de l'intérieur, donc de lui, pas d'un programmeur qui l'avait placée là. Il avait enfin trouvé son projet, il avait son nouveau combat. La journée s'annonçait magnifique.

*

Débouchant en haut de l'avenue de Friedland, Thomas vit s'ouvrir devant lui la vaste esplanade circulaire où se tenait l'AG de son groupe, au pied d'un Arc de Triomphe bariolé de tags et de slogans superposés, et désormais incompréhensibles à quiconque. D'un œil expert, Thomas nota que la couleur blonde de la pierre originelle ne regagnait ses droits qu'à partir de cinq mètres du sol. La frise de graffitis, moins dense – il est plus difficile de taguer la tête en bas – recommençait deux mètres sous la terrasse supérieure. L'effet « rayures » contribuait à rapetisser et à dénaturer le monument, une grosse choucroute qu'il estimait dater de Louis XIV, et qui constituait de toute façon un emblème militariste de l'ancien ordre bourgeois. La volonté d'abolir la connotation militaire du lieu avait été maximaliste, presque rageuse : les gravures et les statues avaient été attaquées à la masse, il n'en restait désormais rien. Ce qui n'était pas sans rappeler le traitement infligé quelques années plus tôt par ces tarés de Daesh aux ruines de Palmyre. Mais, se demandait Thomas, ceux-ci n'étaient-ils, somme toute, pas d'autres damnés de la terre, se rebellant à leur manière contre l'impérialisme néo-colonisateur de l'Occident ? Sous l'arche abîmée, la tombe du Soldat inconnu, cet insupportable hommage à l'Armée Française au service de la bourgeoisie capitaliste de la IIIe République, servait désormais de latrines. Pas facile d'uriner dans le trou, d'où émergeait auparavant la flamme rendant hommage à un anonyme mort pour son pays, surtout quand on est bourré.

Le Rond-point du 1er Décembre, ainsi que la place de l'Étoile avait été rebaptisée en hommage à son héroïque profanation le 1er décembre 2018, était comme souvent occupé par plusieurs centaines d'individus revêtus de gilets jaunes fluorescents. Ce jour-là, le rond-point accueillait l'Assemblée Générale du groupe parlementaire de Thomas, les Casseurs de la République. Ça les avait fait marrer de renommer leur groupe disparate de Black blocs de l'appellation dont les affublaient les médias affiliés à l'ancien régime, pendant les grands troubles de 2018 et 2019. Ils voyaient ça comme un doigt d'honneur subtil et revanchard.

Les Casseurs de la République étaient de vrais durs, pas des fiottes arrivées là sur le tard. Ils constituaient le groupe le plus radical du Rond-Point Citoyen, la nouvelle assemblée populaire et constituante, qui accueillait, dans l'hémicycle de l'Assemblée Nationale, enfin rendue au Peuple, les différents groupes qui représentaient ce dernier. Grâce à leur contribution majeure à l'insurrection victorieuse de 2019, les Casseurs s'était vus attribuer par la Constituante le droit de former un groupe permanent au Rond-Point Citoyen. Le nombre de « citoyens-députés » de leur groupe fluctuait au gré de l'absentéisme atavique des Casseurs (à leur décharge, les séances plénières étaient fixées tôt dans la journée, vers 16 heures) et de la recomposition permanente de leurs sous-groupes.

Thomas, qui avait glorieusement participé aux évènements parisiens, était lui-même un ancien black bloc désormais représentant de la Mouvance du 1er Décembre, d'obédience plutôt anarchiste et d'extrême-gauche. Les gros blaireaux de fachos, le regard noir et le crâne rasé, se réunissaient sous la bannière de la France en Rage, mais on les considérait surtout comme les petits chiens de garde du Front National. De leur côté, bien que la Police au sens ancien du terme n'existât plus, les grands malades du sous-groupe des Tueurs de Flics ne trouveraient visiblement pas le repos tant que le slogan « ACAB » n'aurait pas été inscrit sur chaque immeuble parisien. Des membres de Bastion Social avaient fait le voyage de Lyon et organisaient un apéro Saucisson-Pinard. C'était presque émouvant, ce pique-nique au petit goût de campagne en haut des Champs-Élysées. Voir les Antifas trinquer à la 8-6 avec les fachos faisait chaud au cœur. Convaincre tous ces nazes ramollis n'allait pas être simple. Mais sa révélation du matin l'avait remonté comme une balle.

« Citoyens, en tant que représentant du groupe des Casseurs et du sous-groupe du 1er Décembre, je veux prendre la parole.

– Ta gueule, gros !

– Tu te crois à Nuit Debout, fils de pute !

– C'est sûr qu'il y aurait plus de meufs.

Quelques rires gras répondirent à la saillie de Thomas.

– Grave, un de ces jours, faudrait aller faire un tour à Répu chez ces boloss, lança un facho.

– Citoyens Casseurs, hurla brusquement Thomas, écoutez-nous, regardez-nous, on s'est bien fait baiser, on s'est embourgeoisés ».

De nombreux regards se tournèrent vers lui, le bruit de fond baissa suffisamment pour qu'il continue le discours qu'il avait préparé sur le chemin.

« C'est nous qui nous sommes battus, comme des chiens. On a fait tomber cette ville de bourges, ce pays de rentiers et cet enculé de Macron. Sans nous, rien n'aurait été possible. On a pris des flashballs et des lacrymo dans la gueule, on a des cicatrices partout, on s'est fait arrêter, juger, emprisonner. Des potes ont été mutilés, d'autres sont morts (Thomas exagérait, mais on ne perdait rien à dramatiser un peu le discours). Mais rien à branler, on a recommencé la lutte, encore et encore, chaque samedi, jusqu'à la victoire. Sans nous, les Casseurs, la Révolution n'aurait pas été possible.

– Ouais, gros, bien dit !

– Et maintenant, regardez-vous, avec votre barbecue de blaireaux sur les Champs-Élysées, et vos discussions de bouffons frustrés sur les salopes hystériques de Nuit Debout. Tout contents du strapontin minable au Rond-Point citoyen que nous a filé le Triumvirat. On vote leurs plans économiques de merde et leurs programmes de rééducation de lopettes. Mais on est des guerriers, putain, on fait tomber les forteresses, nous. On déteste le pouvoir et le pognon, non ?

– C'est quoi ta merde, là, Thomas, un *putsch* ? Tu veux renverser le Triumvirat ? Tu te prends pour Franck Rollo, avant qu'il devienne un pourceau gavé ? Redescends, gros. »

C'était bon signe, ils ne contestaient pas la légitimité de la lutte, seulement la cible. La violence était toujours là, tapie sous le gilet.

« Je parle des Russes, bande de tocards. Les trois enculés du Triumvirat sont des pantins à la main des Russes. Et ces bâtards sont à cent mètres d'ici, dans l'Enclave. Ils ont des apparts de *nababs*, des Mercedes, des BM et des putes qu'ils font venir par wagons. On leur a filé la moitié de Paris, en échange de leur pognon et de leur pétrole. On s'est vendus, on s'est humiliés. On a juste changé de maîtres, comme de gentils petits chiens. Moi je dis que la Révolution est en train d'être trahie et pour moi, c'est *Niet* » conclut-il, pas mécontent de son petit effet oratoire, et de son jeu de mot polyglotte.

– Et tu veux faire quoi, exactement ? Les mecs ont un service de sécurité costaud, et du matos, intervint un facho.

– Et alors, t'as peur, ou tu dois demander l'autorisation à la famille Le Pen avant d'aller pisser ?

– Putain, je vais te péter ta petite gueule de pédé ». Le facho commença à se diriger vers Thomas, le menton levé. Plusieurs Gilets Jaunes s'interposèrent et l'arrêtèrent fermement.

– Et tu ne veux pas te défouler pour une vraie cause, plutôt ? Pour commencer, je propose un avertissement, je veux leur faire peur, je veux qu'ils comprennent qu'ils ne peuvent pas se comporter comme les nouveaux caïds de notre territoire. Je vous propose qu'on aille pour une fois casser un peu chez eux, à l'improviste, histoire de marquer le coup. Puis on se boira une vodka à leur santé.» Thomas interrogea l'assemblée du regard pour voir si son nouveau calembour avait été saisi, mais ne rencontra que des regards vides. Vaguement déçu, il continua.

«Et mercredi, en plénière à la session du Rond-Point, on sera en position de force pour dire aux autres groupes que ça suffit de fricoter avec les Russes, ils n'auront pas le choix.»

*

L'Enclave russe, un vrai rêve de casseur. En échange d'un approvisionnement régulier en pétrole, en gaz, en charbon et en devises fortes, le pouvoir exécutif français, aujourd'hui désigné du sobriquet de Triumvirat avait notamment accordé à l'État russe le contrôle sur une zone recouvrant une partie des anciens 7e et 8e arrondissements de Paris. Sur la Rive Gauche, le périmètre de l'Enclave englobait l'église orthodoxe et le centre culturel russes. Ces meringues architecturales, surmontées de bulbes à l'éclatante dorure, juraient toujours avec un paysage urbain dans lequel elles ne s'étaient jamais inscrites. Sur la Rive Droite, une grande partie de l'ancien Triangle d'Or, comprise entre la Seine, l'avenue d'Iéna et le Petit Palais, parlait désormais russe. À l'intérieur, les diplomates, oligarques et hommes d'affaires moscovites avaient répliqué un petit Saint-Pétersbourg raffiné et confiné, où l'on importait, avec la bénédiction du Triumvirat, mets de luxe, alcool, drogue, voitures allemandes, équipements techniques, personnel de maison et évidemment filles de joie du pays.

Le système administratif était calqué sur celui des anciennes concessions occidentales de Shanghai, imposées au cours des années 1840 à 1860 au très faible empereur chinois Daoguang par la force ainsi que par plusieurs traités léonins. En plus d'une forme de souveraineté commerciale sur la zone, les accords octroyaient en particulier la totale souveraineté en matière de sécurité aux occupants de la concession, un peu comme si l'ambassade russe s'étendait sur plusieurs hectares.

Toutefois, l'Enclave n'était pas bunkérisée, loin de là. On n'était pas dans une mauvaise dystopie pour adolescents : il n'était pas question que le territoire russe soit uniquement accessible par des *check-points* sécurisés, ni ceint par une barrière barbelée, ou gardé par des militaires patibulaires, fusil-mitrailleur en bandoulière. Un tel dispositif aurait finir par agir sur des casseurs bas du front (et Dieu sait que Paris en était rempli) comme un pot de confiture sur des abeilles. Les concessionnaires en réfrénant leur exigence sécuritaire avaient fait preuve d'une certaine sensibilité psychologique, voire d'une remarquable subtilité diplomatique : on pouvait pénétrer dans l'Enclave sans s'en rendre compte et en sortir tout aussi facilement. Les Russes avaient toutefois leurs marottes : quelques SUV noir mat remplis de gorilles armés patrouillaient lentement dans la rue Pierre 1er de Serbie ou sur le quai Albert 1er, en connexion radio permanente avec les veilleurs de l'omniprésent réseau de caméras de sécurité. L'entrée et la sortie étaient donc libres, mais la surveillance était intense, et visible. C'était très pesant et on se sentait tout sauf bienvenu. Ainsi, sauf à avoir été invités par un résident, les Français n'y allaient pas, la règle tacite était aussi simple que cela.

*

Thomas n'en avait rien à branler des règles, tacites ou pas. Et encore moins sous l'effet des amphétamines que ses camarades et lui s'étaient distribuées et avaient avalées, accompagnées de bière tiède. Décollant ensemble vers la toute-puissance, ils se motivaient à coups de *chest bumps*, de quenelles et de *checks* virils devant les ruines de l'ancien Drugstore Publicis.

En descendant l'avenue George V, le sourire aux lèvres et le regard déterminé, Thomas franchit en courant la barrière invisible, mais connue de chaque parisien, séparant, au niveau de la rue François 1er, l'Enclave russe du reste du monde, et s'aventura dans cette dernière. Pénétrant d'un coup dans un autre monde, propre et rupin, où s'alignaient les voitures de sport et les SUV massifs, les boutiques de fringues de luxe et les bar-boîtes branchés. La rage enfla en lui. À quelques mètres du Rond-Point du 1er décembre, l'ancien monde était revenu, en pire, et étalait son insupportable opulence.

Quelques années plus tôt, juste en face du Fouquet's qu'il avait d'ailleurs activement contribué à brûler et à piller, il se souvenait avoir balancé des cocktails Molotov sur des cars de CRS au pied du magasin Louis Vuitton à l'angle avec l'avenue des Champs-Élysées. Le bâtiment originel avait été condamné, et le magasin de fringues pour putes de luxe transféré quelques centaines de mètres plus bas pour satisfaire les clientes russes de l'enclave. Il ferait une cible absolument parfaite. L'ancien monde ne reviendrait pas, ces bâtards devaient comprendre le message.

Accompagné d'une vingtaine de compagnons, tous équipés de baklavas, de lunettes de plongée et de battes de baseball qui s'abattaient sur les vitrines, il se sentit rajeunir de dix ans. Devant l'hôtel Four Seasons, il avisa, garés sous les marronniers en fleurs, une enfilade de véhicules rutilants. La dernière fois qu'il avait vu une Ferrari en vrai, une dizaine d'années plus tôt, d'improbables touristes du Golfe s'offraient (pour quatre-vingt-neuf euros le quart d'heure) une minable virée dans ce même quartier des Champs-Élysées, aujourd'hui dévasté. Serrés dans une décapotable conduite par un ancien dealer, les tocards se payaient le pathétique petit frisson d'une bruyante accélération sur la « Plus Belle Avenue du Monde ». Encore une catégorie de cons dont la Révolution Citoyenne les avait débarrassés. Et la Révolution ne s'arrêterait pas.

De plusieurs coups de battes rageurs, Thomas explosa consciencieusement chacune des vitres et chacun des rétroviseurs de l'onéreuse voiture de course. Il introduisit un chiffon imbibé d'essence dans le réservoir, l'alluma et s'écarta rapidement. L'explosion du bolide fut absolument exceptionnelle et déclencha des hurlements de joie. La tête lui tournait, sous l'effet des vapeurs d'essence et de l'adrénaline. Il courait sur le ventre du monde, il riait à la face des hommes, il brisait, il cassait, il brûlait, il vivait.

*

Tout à sa joie destructrice d'enfant barbare, Thomas ne remarqua pas le drone armé qui les surveillait du ciel depuis le début de leur petite virée. Il n'entendit ni ne sentit jamais la balle de 7,5 mm qui déchira la cagoule et pénétra sa boîte crânienne par l'occiput. Il n'assista pas à l'équivalent russe du *high five* qu'échangèrent les opérateurs du drone depuis leur poste de sécurité. Sur l'avenue George V désertée par ses compagnons, qui s'étaient égayés comme des moineaux parisiens, gisait abandonné son corps inerte. De son crâne ouvert s'écoulait sur le trottoir maculé une grande quantité de sang et de liquide rachidien, mais finalement assez peu de matière cervicale.

*

Interlude : Rachel & Samuel

Paris, 16e arrondissement

« Mais je te dis que ça va se tasser. Ça ne peut que s'améliorer. »

– Samuel, arrête de raconter n'importe quoi, ça fait dix ans que tout part à vau-l'eau dans ce pays. Regarde où l'on vit et comment on vit... On a encore suffisamment d'argent de côté, il faut qu'on parte, qu'on offre un nouvel avenir aux enfants...

– Dans son petit appartement au rez-de-chaussée, le couple était à nouveau en train de se disputer.

– Rachel, nous en avons déjà parlé. L'Histoire est faite de cycles et d'accélérations, tu le sais bien. Mais également d'une évolution subséquente des mentalités et de dynamiques de groupes. C'est justement parce que ça fait dix ans que les choses ne vont pas bien que les gens vont finir par réagir. Et que les modérés vont finir par reprendre la main. C'est ce qui arrive toujours après chaque crise.

– C'est de la pensée magique, ton histoire...

– Non c'est de l'Histoire. Et tu es bien placée pour savoir qu'après les exactions de Staline, Khrouchtchev a desserré l'étau stalinien.

– Attends, tu veux parler de Nikita Khrouchtchev, ce grand modéré devant l'Éternel ?

– Ne persifle pas, c'est à chaque fois impossible de discuter avec toi, madame la professeure agrégée qui connaît si bien l'Histoire. Henri IV le Protestant réconcilie bien la France après les Guerres de Religion. Et après la Terreur, le Directoire a bien ramené la paix civile. Ou pense encore à un John Kennedy arrivant au pouvoir notamment en réaction à la folie maccarthyste.

– Admettons, mais, pardon, où sont-ils tes modérés, en ce moment ?

– Il y en a toujours, il y a toujours des gens qui sont un peu plus responsables, qui pensent aux conséquences. Même au Front National, figure-toi. Et puis n'oublie pas que la situation actuelle part d'une révolution populaire, pacifique et bon enfant, bien qu'un peu agitée à ses débuts. C'est Macron qui, par son arrogance et sa politique aveugle de répression, a mis le feu aux poudres, créant le chaos qui a succédé.

– Non mais, tu crois encore à cette fable ?

– Est-ce que tu te rends compte que dès qu'on parle de Macron, tu te braques. Regarde l'histoire en face ! Fable ou pas, cette révolte venait du Peuple et visait le bien du peuple, qui en avait marre d'être asservi. Que des gens comme nous, bourgeois et privilégiés, ne fassions pas partie du peuple, est finalement un sujet mineur au regard de la marche de l'Histoire.

– Et d'ailleurs, ça va beaucoup mieux pour le peuple, dis-moi.

– D'une certaine façon, oui, car il a repris son destin en main. C'est pour ça que je pense que les choses vont aller en s'améliorant, car les principes fondateurs des évènements que nous avons vécus sont d'essence démocratique. Le business va repartir, et le business a toujours besoin d'avocats, donc je ne suis pas inquiet, on a passé le plus dur maintenant. Et je pense que le moment va venir où je vais pouvoir relancer le cabinet.

– Tu sais, maître Apfelbaum, tu me parles beaucoup d'Histoire. Mais souviens-toi qu'en Allemagne dans les années 1930, parmi les Juifs, certains optimistes pensaient qu'Hitler allait finir par se calmer et qu'il fallait serrer les dents. Que le business, comme tu dis, finirait par reprendre. À la fin, ce sont les plus pessimistes qui ont survécu. Et le business, c'est aux États-Unis qu'ils l'ont fait.»

*

Chapitre 2. Contagion

« La violence est le dernier refuge de l'incompétence. »
Isaac Asimov, *Fondation*

Franck Rollo
Membre du Triumvirat, en charge de la sécurité intérieure et extérieure

Paris, Place Beauvau

« Putain, merde, fait chier ». Comme à peu près chaque jour depuis sa naissance, Franck Rollo était d'humeur agressive. Seul dans son bureau ministériel de la place Beauvau, – l'ancien bureau de feu Castaner le fils de pute – l'ancien livreur du Val-de-Marne raccrocha et reposa son iPhone, gracieusement offert par la société Facetube Global Analytics.

Regardant son appareil silencieux comme s'il allait lui offrir une solution, il se força à se calmer. Il croisa, sur son impressionnante panse, les battoirs qui lui servaient de mains, s'affala dans l'épais fauteuil de cuir et fit l'effort de réfléchir à la situation.

Un député du Rond-Point Citoyen qui se fait buter comme un lapin par les Russes, en plein Paris, ça abusait vraiment.

Où vivait-on, bordel ? Vraiment des sociopathes, ces Russes, à tirer sur des gens qui viennent juste un peu déconner. Tu m'étonnes qu'il était tenu, leur putain de pays, là-bas. Bon, après, ce n'était pas une grande perte pour l'humanité. Non content d'être un psychopathe agressif, le Thomas en question avait toujours été une buse, et en matière de buses, Franck Rollo s'y connaissait. Non, la vraie mauvaise nouvelle dans tout ça, c'est qu'il allait devoir à nouveau faire carpette devant l'ambassadeur Molotov – ça ne s'inventait pas ce nom, bordel – et s'excuser auprès d'eux pour cette inadmissible, inqualifiable et, c'est promis, ultime intrusion dans l'Enclave.

Quasiment certain qu'ils allaient lui demander, afin d'atténuer leur immense déception, une extension d'une de leurs concessions, genre à Biarritz ou à Nice, un de ces bleds de bourges qu'ils adoraient, sous peine de gel des livraisons de diesel. Fait chier. Et dans le même temps il allait devoir promettre au groupe des Casseurs de la République qu'il allait vivement protester auprès des Russes, tout en leur demandant à nouveau de respecter les règles d'entrée dans la concession. Comme si on pouvait demander à ces excités alcoolisés de respecter quelque règle que ce soit. Ça devenait compliqué tout ça et, comme souvent dans ce genre de situations, la tête lui chauffait. Ça au moins, Franck Rollo l'avait compris à son propre sujet : il n'était vraiment pas à l'aise avec la complexité.

Mais aussi, qu'est-ce qui leur avait pris, à ces débiles, d'aller casser dans l'Enclave. Ils avaient quasiment tout Paris comme terrain de jeu et il fallait qu'ils aillent cramer les caisses des Russes sous leurs fenêtres. Et tout le monde sait que les Russes sont susceptibles avec leurs bagnoles. Au moins autant que les Gilets Jaunes. Sauf que les leurs valaient plus cher, bien sûr. Leur violence aurait enfin pu être utile à quelque chose. Ils auraient pu, je ne sais pas, bousiller le Centre Georges-Pompidou, cette raffinerie dégueulasse au milieu de Paris. Ou la Cité de la Mode dans le XIIIe arrondissement, cette infâme verrue urbaine. Ou aller faire un autodafé-barbecue sur les ruines de l'Élysée, juste à côté. Ça se faisait beaucoup, les autodafés, de nos jours.

Penser à l'Élysée lui fit penser à ce fils de pute de Macron.

Et penser à Macron lui donna envie de sortir de son holster, le Sig Sauer Pro 2022 qui ne le quittait pas depuis neuf ans. Caresser l'objet faisait instantanément jaillir en lui un sentiment de contrôle sur les hommes et les évènements. Et l'aidait à calmer la colère qui l'agitait en permanence. Jouant avec l'arme, oubliant les Russes et les casseurs, il se souvint en souriant de cette belle journée d'été de juillet 2019 où tout avait basculé.

Au cours de l'épisode XLV des Gilets Jaunes, une manifestante de vingt-deux ans avait été abattue de plusieurs balles par la police. Lorsque le Peuple de France l'avait appris, l'Histoire avait pris un virage inattendu. La fille s'appelait Juliette, c'était une étudiante d'extrême gauche, mignonne en plus. Une manifestante innocente, légitimement excédée par l'injustice sociale, les violences policières et la dictature macroniste. Le soir d'une nouvelle après-midi d'échauffourées, son corps criblé de balles, mais son joli visage toujours intact, avait été retrouvé par d'autres Gilets Jaunes, en direct devant les caméras de BFM TV, opportunément présentes. Et alors, le miracle, si longtemps attendu, au point qu'on en désespérait un peu, s'était produit. Les photos, obligeamment fournies par la famille avide de son quart d'heure de gloire, montraient une adolescente très jolie et très fraîche, de grands yeux verts curieux et décidés, l'innocence incarnée. Les autres photos de Facetube où elle apparaissait, couverte d'un keffieh palestinien pendant l'occupation de l'Université de Tolbiac où elle n'était même pas étudiante, avaient été escamotées. Pas besoin de brouiller le message. L'image de l'adolescente fauchée par la dictature ultralibérale et la répression policière était trop parfaite. Un symbole absolu. Les photos du corps de la martyre, transporté à la Palestinienne par des Gilets Jaunes hurlant leur chagrin et leur colère dans les rues de Paris passèrent en boucle et ad nauseam sur les chaînes de télévision. Elles eurent sur les esprits plus d'effet que toutes les manifestations, tous les slogans, toutes les banderoles des mois écoulés. En effet, malgré les casseurs et leurs barres de fer, malgré les dégâts matériels, malgré la déstabilisation de l'économie et des institutions, les bons Français avaient bien intégré que les Gilets Jaunes ou les black blocs n'étaient pas armés. Pas dangereux donc, et méritant une forme l'indulgence. Non, c'étaient les flics qui étaient armés, et faisaient en permanence l'objet d'un soupçon de bavure. Et la bavure tant attendue, ou plutôt l'inéluctable crime des flics, était enfin arrivée. Toutefois, au-delà des policiers, c'était évidemment Macron qui par leur bras avait tué.

C'était Macron qui avait assassiné l'innocence, Macron qui avait fait tirer sur une enfant de la République. Le narratif déployé s'était avéré imparable.

Et les Français, à l'époque pourtant apaisés par les baisses d'impôts et les mesures annoncées par le Gouvernement, les Français, qui commençaient à se lasser des violences des casseurs, les Français, qui en ce début d'été caniculaire pensaient surtout, comme chaque mois de juillet, à leurs longues vacances, les Français fantasmèrent alors un nouveau juillet 1789 et choisirent le chaos. Rarement émotion avait dans l'Histoire été plus consensuelle que la rage des Français en juillet 2019. Plus qu'une manifestante, Macron avait tout à la fois assassiné Marianne, la République, et le Peuple.

Toute la nuit, la colère, savamment entretenue par les faux comptes des hackers russes, bouillit et se répandit sur les réseaux sociaux. Le mot d'ordre « Macron assassin » remplaça le trop usé et désormais inefficace « Macron, démission ». Ce que malgré tous leurs efforts, toutes leurs provocations, Franck Rollo et ses amis n'avaient jamais réussi à provoquer, à savoir le prolongement des manifestations et des violences le dimanche suivant un des samedis des Gilets Jaunes, survint presque naturellement. Dès 10 h du matin, dans toute la France, une marée de citoyens se déversa sur les placettes des villages, les ronds-points des petites villes et les boulevards des métropoles. Tels des sans-culottes en survêtement, ils hurlèrent, dans une ambiance de kermesse païenne, leur colère contre l'ordre établi. Contre les flics, les riches et le Tyran. Le lundi matin, à la fin d'un brûlant week-end de révolte, la France décida de ne pas redémarrer : entre ceux qui voulaient faire la Révolution, ceux qui en avaient peur et ceux qui y virent l'occasion de glander devant le Tour de France, personne ne retourna au travail. Les syndicats, de peur d'être dépassés par l'Histoire en marche, décrétèrent la grève générale. Alors, la grande kermesse put continuer, comme dans un 14 juillet sans fin, incendies de poubelles, de voitures et de sous-préfectures compris.

Le lundi après-midi, on apprit que l'arme du crime était du même modèle que celui couramment utilisé par la police nationale.

La nouvelle enflamma encore un peu plus les esprits, si cela était possible, faisant à leur tour basculer vers la colère les modérés et réduisant au silence les rares sceptiques. Sur le perron de la place Beauvau, un Ministre de l'Intérieur visiblement très mal à l'aise déclara qu'une enquête de l'IGPN allait être diligentée dans les prochains jours. Autant pisser dans un violon.

La police, sans autre directive d'un Exécutif paralysé, insultée de toutes parts, réduite à l'impuissance, fut vite dépassée par les manifestations et cessa d'intervenir. Les quartiers chauds de banlieue, qui s'étaient remarquablement tenus à carreau pendant tout le mouvement, se sentirent alors libres d'exploser à leur tour. Et de déclencher, à retardement et sur d'autres territoires de la République, de nouvelles orgies de violences. La tâche était devenue insurmontable pour la police et la gendarmerie, désormais débordées sur l'ensemble du territoire. L'ordre d'envoyer l'armée en renfort ne fut jamais donné par un Gouvernement tétanisé.

« Malgré le désordre, malgré l'insurrection, la République ne tirera pas sur ses enfants », annonça gravement le Premier Ministre. Le mercredi suivant, les syndicats de policiers, noyautés pour la plupart et depuis longtemps par l'extrême-droite, indiquèrent sur les réseaux sociaux qu'ils appliquaient leur droit de retrait avec effet immédiat. Dans leur communiqué, ils se repentirent pour la mort de la jeune fille, dont l'assassinat était à mettre sur le compte de la politique répressive du gouvernement. Enfin, ils annoncèrent qu'ils rejoignaient les manifestants dans la lutte contre le pouvoir illégitime du président assassin.

La grande manifestation du jeudi suivant, qui vira immédiatement à l'insurrection, fut celle où Franck Rollo vit son rêve de décembre 2018 enfin s'exaucer. Après une journée d'émeutes et de casse dans tous les quartiers centraux de Paris, plusieurs cortèges ainsi que le sous-groupe hyper mobile qu'il menait convergèrent vers le Palais de l'Élysée, désormais gardé par un effectif réduit de policiers. Pas plus que leurs collègues dans les manifestations, ceux-ci ne firent usage de leur arme de poing et encore moins de leur fusil-mitrailleur, d'habitude si menaçant et si dissuasif. Certains s'enfuirent, d'autres se rendirent d'emblée pour ne pas se faire molester et se laissèrent désarmer. Agenouillés devant le

Palais de l'Élysée, une vingtaine de fonctionnaires, dont cinq femmes, qui tentaient de calmer les assaillants, furent insultés et couverts de crachats, battus à coups de pied et de barre de fer. « Arrêtez, je fais juste mon boulot, je n'ai jamais blessé aucun manifestant. Je n'ai même pas voté pour Macron en 2017 », cria un gardien de la paix. Froidement, un anarchiste masqué s'avança, un pistolet à la main, et tira à bout portant dans la poitrine du policier, qui s'effondra en tressautant dans une mare de sang. Le silence tomba sur la foule, vite fendu par un cri « Pour tous nos camarades mutilés, pour Juliette, à mort les assassins ».

Un par un, au milieu d'une foule déchainée et hurlant sa joie à chaque déflagration, les policiers furent abattus. Une fois l'exécution collective achevée, toujours gonflé d'adrénaline, Franck Rollo contempla les corps. Au milieu des uniformes éclaboussés de sang, une des femmes policières, le haut du crâne arraché par une balle, tenait encore serrée dans sa main une photo de ses enfants, qu'elle avait tenté, dans l'espoir d'un peu de miséricorde, de montrer aux meneurs enragés de l'insurrection.

« On ne fait pas d'omelette sans casser d'œufs », avait-il alors conclu, philosophe.

Les yeux rougis par la fumée des gaz lacrymogènes et des incendies, au cœur du moment le plus important de son existence, il s'était alors tourné vers le Palais de l'Élysée qui s'offrait désormais à lui, ses portes cochères défoncées par une voiture bélier. À portée de main, l'aboutissement du combat d'une vie. Une vie de merde, il faut le dire, jusqu'à cette chance inouïe, cette ruse de l'histoire, qui avait fait de lui un chef révolutionnaire. Et, faisant d'un petit banlieusard sans talent ni avenir un Che Guevara des zones pavillonnaires, lui avait offert un destin. Et l'autre enculé, soutenu par ses amis des banques juives, qui avait tout reçu à la naissance et opprimé tout un peuple, qui l'attendait derrière ces murs... Une putain de baston contre le boss de fin de niveau. Il rit, brandit son arme et s'élança en courant dans la grande cour de l'Élysée qu'il avait si souvent vue à la télévision.

*

La déception avait été à la hauteur de l'excitation et de l'adrénaline qui avaient précédé l'envahissement du Palais. Alors qu'il s'imaginait théâtralement arrêter Macron au nom du Peuple, en direct sur Facetube, il comprit, en entendant le vrombissement des pâles d'un hélicoptère dans le jardin derrière le bâtiment principal, que le lâche s'était enfui avec sa vieille pute. La victoire n'avait pas été totale et il n'avait pas pu profiter entièrement de son heure de gloire, ce qui constituait encore, des années après, une source de rancune tenace. N'empêche, conformément au programme initial, ils avaient saccagé l'ancienne demeure du tyran, brisé tout ce qui était brisable et y avaient déclenché un immense feu de joie. Les Communards avaient bien incendié les Tuileries ; l'Histoire retiendrait que les Gilets Jaunes avaient cramé l'Élysée.

Juste avant la destruction du Palais, un insurgé, un peu plus curieux que les autres, avait retrouvé dans le bureau présidentiel la dernière lecture d'Emmanuel Macron. Il s'agissait d'un ouvrage intitulé Atlas Shrugged, injustement traduit en français sous le titre de la Grève (mais Macron, ce suppôt du capitalisme anglo-saxon et des élites mondialisées, lisait évidemment en version originale). Dans cette dystopie, écrite dans les années 1950 par l'américaine Ayn Rand, les chefs d'entreprises, industriels capitalistes et ingénieurs, qui comme Atlas portent le monde, disparaissent volontairement un à un, écœurés par un pouvoir menant au nom du Peuple la chasse à des entrepreneurs trop riches à son goût. Une saloperie de brûlot libéral, d'après ce qu'Éric Zemmour lui avait expliqué par la suite.

Emmanuel Macron était par la suite resté désespérément introuvable. Ce sale traître avait soigneusement préparé sa fuite à l'étranger, sans doute chez ses amis allemands, et probablement depuis un bail.

Le roitelet avait réussi sa fuite à Varennes et devait sûrement encore comploter contre le peuple depuis l'étranger. La rupture des relations diplomatiques avec la plupart des pays européens n'avait pas vraiment aidé à le retrouver, ce salopard. En plus de cette grosse déception, il s'était avéré qu'en actionnant une procédure méconnue à déclencher en cas de coup d'État (c'est dire combien les technocrates avaient peur du

Peuple), l'enfoiré avait réussi à verrouiller les codes d'accès aux armes nucléaires, désormais inutilisables.

On avait un peu attendu que le tyran en exil se manifeste, qu'il en appelle à ses soutiens planqués ici ou là. Mais les semaines avaient passé et rien n'était arrivé. Ni message Facetube, ni Tweet, rien. La logique de ce silence échappait et déplaisait profondément à Franck Rollo et aux insurgés. Le bâtard n'avait même pas eu la classe de répondre quand il avait été condamné à mort par contumace au fameux procès public de Riom II, que Rollo avait lui-même organisé et dirigé en qualité de Procureur du Peuple. Ce procès, c'était également Zemmour qui lui en avait donné l'idée. Le penseur historien lui avait raconté qu'avait eu lieu pendant la Deuxième Guerre Mondiale, dans cette ville paumée, un procès des ploutocrates juifs et des traîtres corrompus de la Troisième République. Les deux guerres mondiales, les régimes, les époques, ces notions demeuraient un peu brumeuses dans la tête d'Éric Rollo. Il n'avait pas un très bon souvenir de l'école, sauf que ces bâtards de profs le saoulaient de trucs inutiles et le punissaient souvent, « pour son bien », disaient-ils. Ça n'avait pas amélioré sa relation avec l'autorité. Alors, les détails de la Deuxième Guerre mondiale, il était loin de les replacer tous. Ce qu'il avait bien retenu de Zemmour, en revanche, c'est cette idée géniale d'un tribunal du peuple contre les élites qui l'avaient trahi, affamé et envoyé à la guerre. Ça permettait par ailleurs de se débarrasser légalement des ennemis du nouveau régime qui ne s'étaient pas enfuis comme des rats.

Après quelques jours de débats à sens unique, le procès avait abouti, faute d'avoir permis d'avoir la peau de Macron, à la condamnation à mort et à l'exécution par pendaison du boucher franc-maçon Castaner. Un joli lot de consolation dont la diffusion en direct sur BFM TV et les réseaux sociaux avait mis en joie le Peuple français pendant plusieurs jours.

Cette « salope de Marlène Schiappa » avait bénéficié de l'indulgence de la Cour. Le tribunal l'avait finalement graciée, considérant la « punition collective » qu'elle avait subie, chez elle, devant ses enfants, après que son adresse personnelle avait fuité sur le groupe Gilets_Jaunes_72.

Comme l'avait sobrement commenté Eric Zemmour sur le plateau télévisé de BFM TV, où ce dérapage avait été commenté en direct par un panel d'experts : « Chaque époque a la Princesse de Lamballe qu'elle mérite ». À la fin de l'émission, Franck Rollo lui avait envoyé un texto pour se faire expliquer de qui diable il parlait. Affranchi, il avait beaucoup aimé toute l'histoire, et surtout le coup des moustaches.

*

Mettant en avant ses origines populaires, ainsi que son implication pionnière dans l'insurrection en tant que militant acharné puis leader incontesté, Franck Rollo s'était imposé comme un dirigeant incontournable, puis intouchable, du gouvernement provisoire.

Son rôle dans le procès des collaborateurs de la Macronie décapitée avait contribué à faire de lui un élément éminemment visible, et toujours vociférant, du nouveau régime. Avec lui, la Révolution ne faisait jamais de pause, la violence pouvait ressurgir à tout propos. Le Peuple adorait.

À un certain moment, un nettoyage bienvenu avait opportunément, et quasi naturellement, été opéré dans le paysage politique chaotique des Gilets Jaunes. Devant l'École Alsacienne à Paris, on avait par exemple retrouvé dans une poubelle, le corps tuméfié de Juan Branco, le très excité avocat d'extrême-gauche. François Boulo, un autre compagnon de route devenu gênant, n'était pour sa part jamais revenu d'un *jogging* fatal.

La nature ayant horreur du vide, et grâce à une efficace campagne d'intimidation, Franck Rollo était parvenu à être désigné par le Rond-Point Citoyen comme membre du Triumvirat en charge de la Sécurité intérieure et extérieure.

*

« Il vaut mieux vivre avec des remords qu'avec des regrets. »
Patrick Bruel

Olivier Brelle
Membre du Triumvirat en charge de l'Économie

Paris, Rond-Point Citoyen

Réprimant une grimace, Olivier Brelle passa son gilet jaune sur son élégant costume bleu marine. Bon Dieu, ce qu'il pouvait détester cette couleur immonde, se dit-il, en remettant en place sa mèche noir corbeau. Aux côtés des deux autres membres du Triumvirat et précédant le groupe de citoyens-ministres qui composait l'Exécutif de la VIe République Citoyenne, il fit son entrée dans ce qui restait de l'Hémicycle de l'Assemblée Nationale et qu'on surnommait désormais le Rond-Point Citoyen, en hommage au combat des Gilets Jaunes pour la liberté des automobilistes.

Mercredi était resté le jour des questions des citoyens-députés au Gouvernement, et, en tant que responsable des questions économiques, il était le plus susceptible parmi les ministres d'être passé à la question par la bande d'ignares agressifs qui peuplait le Parlement.

Il récapitula mentalement les principes de base d'une discussion avec des individus ne fonctionnant qu'à l'émotionnel et n'ayant pas le niveau d'éducation requis, sans même parler de l'expertise, ce gros mot banni de leur langage courant. Sincères dans leurs émotions, ils sont intimement persuadés d'avoir raison, en particulier contre la part de l'humanité qui essaie de réfléchir.

Les règles de base : garder son sang-froid, même devant les braillards. Ne pas débattre, jamais. Ne pas s'énerver, surtout. Et toujours flatter l'auditoire, vanter de grands succès collectifs en faisant le modeste. À défaut, trouver un bouc émissaire. Surtout pas de détails techniques, évidemment pas d'arrogance. Et un peu d'habileté pour ne pas froisser la sensibilité de l'une ou l'autre des mouvances représentées au Rond-Point. Bref, malgré son long passé d'apparatchik du FN, où ça n'avait jamais manqué de grandes gueules, il allait à nouveau devoir prendre sur lui.

Olivier Brelle regarda ses collègues ministres, assis à ses côtés sur le banc du Gouvernement. Il soupira. Pas un ne pouvait prétendre même approcher du niveau de compétence exigé par la fonction occupée, ce qui paradoxalement semblait les détendre. Il remarqua que la Citoyenne-ministre des Sciences et de la Recherche, Jacline Mouraud, lisait avec attention son horoscope chinois. Colossal et détonnant dans l'hémicycle, le boxeur gitan Christophe Dettinger qui occupait le poste de ministre des Sports, était plongé dans la lecture, apparemment laborieuse, d'une revue d'arts martiaux. Quant au Citoyen-Ministre en charge de la rédaction du Roman National, Eric Zemmour, il corrigeait avec une délectation manifeste un bloc de pages dactylographiées, mettant probablement la dernière main à sa biographie de Charles Martel, dont on murmurait qu'elle avait été préfacée par Jean-Marie Le Pen avant sa mort.

L'ancienne aide-soignante Ingrid Levavasseur avait, du fait de sa spécialité, été désignée responsable de la Santé des Citoyens et parcourait un rapport sur la recrudescence de la gale dans la population française, visiblement affolée part ce qu'elle y découvrait. Priscilla Ludowski, ministre des relations avec les banlieues sunnites, lisait avec concentration (ou difficulté, difficile à dire), la dernière tribune des Indigènes de la République. Geneviève Legay, en charge du 3e âge, planifiait des services d'autocars pour retraités. Il fallait bien permettre aux pensionnaires des maisons de retraite de se rendre aux simulacres d'exécutions des ennemis du peuple organisés par les services du Grand Citoyen Rollo, dont ils étaient très friands. Ni les uns ni les autres ne semblaient concernés plus que cela par le bordel ambiant.

Cette décontraction tranchait avec l'attitude de Rollo, manifestement tendu et aux aguets de chaque mouvement parcourant l'assemblée. Il devait être sur les dents avec cette histoire de Russes. Si celui-ci passait l'essentiel de son existence remonté comme une pendule sous coke, la tension était surtout palpable avec Xavier Picard, aujourd'hui absent, et ses Gilets Rouges. Un peu déprimé, Olivier Brelle, l'enfant des Hauts-de-Seine né dans une bonne famille de petits commerçants catholiques pratiquants, se retourna pour observer l'Hémicycle outragé. Quel innommable gâchis. Si seulement le Front National avait pu prendre le pouvoir différemment, en suivant le plan prévu. Parce que ces manifestations d'il y a dix ans qu'ils avaient habilement récupérées, cette insurrection qu'ils avaient encouragée et cette pantalonnade de nouveau régime, tout ça les avait certes amenés au pouvoir, mais ce n'était évidemment pas l'idée de départ. Le plan initial, beaucoup plus simple, prévoyait de cannibaliser ces débiles de Républicains en débauchant leurs maillons les plus faibles et de siphonner l'électorat populaire de gauche. Pour cela, la tactique avait toujours été d'une part de se présenter comme la seule alternative sérieuse (et d'effacer des mémoires ce pathétique débat de l'entre-deux tours de la Présidentielle de 2017 !) tout en soufflant sur les braises d'une actualité qui ne faisait que les servir, en attendant leur heure. Le viol d'une « Française de souche » par un immigré clandestin né en Yougoslavie, donc inexpulsable car apatride ? Du pain béni. Une bataille rangée, et armée, entre des trafiquants de drogues de cité et des Tchétchènes ? Noël en été.

À cette époque, une conquête du pouvoir inéluctable, tranquille, sans putsch ni trucage, mais tout bêtement par des élections, leur tendait les bras. Ils y étaient presque...

Et puis patatras, Macron et sa clique s'étaient effondrés sous la pression de la rue et le FN s'était retrouvé au pouvoir, presque par accident. Si on avait eu le temps nécessaire, pensait-il, le pouvoir nous serait légalement tombé dans les mains comme un fruit bien mûr. Et nous n'en serions pas à gérer un pays ruiné, ni à faire les guignols en fluo devant un parterre de demeurés.

Évoquer feu les Républicains lui fit penser à quelqu'un en particulier. Parcourant du regard les sièges éventrés, les murs tagués et les bouteilles de bière vides jonchant les pupitres, il trouva celui qu'il cherchait. Siégeant au milieu du groupe Debout la France, les seuls à vaguement le tolérer, Laurent Wauquiez était assis quelques rangées au-dessus du banc du Gouvernement. Il avait depuis longtemps remisé son immonde parka rouge et étrennait désormais un gilet jaune, en permanence flambant neuf. Pathétique. Malgré les humiliations qu'il avait subies et son éviction de LR, il s'était accroché et arborait toujours sa gueule à râper de l'ail et son air supérieur. Il fallait d'ailleurs lui reconnaitre une certaine capacité à encaisser les coups. Le gars en avait bavé. Et pour finir, il était parvenu, à l'inverse de tant d'autres, à ne pas être balayé par les vents de l'Histoire. Chapeau.

Même après toutes ces années, il essayait encore de peser, de proposer son expertise à droite et à gauche, notamment sur les questions économiques. Le pire, et Brelle préférait que cela ne se sache pas trop, c'est que Wauquiez l'avait bien aidé sur la mise en place du Nouveau Franc Citoyen et surtout sur le calcul du taux de change. Mon Dieu, que c'était compliqué, ces histoires de taux de change... Wauquiez, qui avait remarqué qu'il était observé, tenta alors un timide geste amical de la main. Agacé, Olivier Brelle lui jeta un bref coup d'œil méprisant, détourna le regard et continua son tour d'horizon.

Dans un grand demi-cirque bariolé et turbulent, le Rond-point citoyen rassemblait toutes les sensibilités qui avaient fait triompher la Révolution nationale populaire et entraîné la mise en place de la VIe République Citoyenne.

Depuis les bancs des sous-groupes des Casseurs de la République, répartis dans une mosaïque de courants incompréhensible au commun des mortels, jaillissaient comme d'habitude insultes, anathèmes et slogans anarchistes ou gauchistes. Être bruyants leur permettait de peser dans les débats, tout en masquant leurs rangs clairsemés. C'est vrai qu'il était 14 heures, c'était tôt pour eux. Et dire qu'un de ces abrutis s'était fait descendre comme au *ball-trap* par les Russes en plein cœur de l'enclave parisienne. Bon débarras.

À côté des Casseurs, on trouvait le gros bloc des Gilets Jaunes historiques, où siégeaient des vétérans qui avaient réellement tenu des ronds-points, démoli des radars routiers et incendié des péages d'autoroutes. Avec un fétichisme d'anciens combattants, les gars mettaient un point d'honneur à arborer des gilets de sécurité élimés et portant encore les inscriptions de l'époque. Un petit sous-groupe regroupait les éclopés des manifestations de 2018-2019. On y apercevait encore malgré son âge avancé, l'agitateur patenté Louis Suarez. Toujours faussement débonnaire, mais toujours vraiment hargneux, le célèbre éborgné dispensait ses prêches à un auditoire qui ne l'écoutait plus depuis longtemps. Les membres de ce groupe arboraient encore ostensiblement ici un moignon de bras, là une main à moitié arrachée par des grenades de désencerclement, là encore une cavité oculaire évidée par un projectile en caoutchouc de LGB-40. Images dégueulasses d'un bateau pirate depuis longtemps naufragé.

Olivier Brelle avait toujours eu du mal à adhérer à la stratégie consistant à volontairement rechercher la bavure, puis à instrumentaliser ses propres mutilations pour dénoncer les violences policières. Si on décide de se rendre dans une manifestation dont on sait pertinemment qu'elle va être violente, bourrée de casseurs, et qui plus est si l'on participe soi-même à des attaques sur les flics et à des dégradations, on ne peut pas faire l'étonné et venir chouiner quand on subit des représailles, non ? Et ce, même si on se prend pour un insurgé romantique. D'accord, les Gilets Jaunes n'avaient jamais été réputés pour leur honnêteté intellectuelle, mais il y a un moment où il faut un peu de cohérence, merde, à défaut de décence.

Au moins, on pouvait reconnaître cette cohérence à ces connards de Black Blocs. Les gars allaient au combat, et en assumaient les conséquences, punta basta. En somme, soit on est un combattant et on en accepte les risques, soit on reste une pleureuse. Tout ça lui rappelait cette très bonne chanson de Patrick Sébastien, et ce refrain de circonstance : « C'est bien fait pour ta gueule, fallait pas le faire, il fallait pas y aller ». En plus, comme registre, ça leur allait bien, Patrick Sébastien, à ces cons.

« Citoyens, citoyennes, beugla le Président du Rond-Point François Asselineau dans son micro. Je rappelle aux députés-citoyens du groupe des Gilets Jaunes que l'alcool doit être consommé avec modération dans l'enceinte du Rond-Point.

– Ta gueule, fasciste !

– Macron Démission !

– RIC ! RIC ! RIC ! »

Des années après l'insurrection, non seulement le dialogue avec les Gilets Jaunes était toujours aussi compliqué, mais il était toujours aussi malaisé de les classer politiquement, tant leurs revendications politiques, économiques et sociales demeuraient farfelues et contradictoires. Et tant les arcanes et les subtilités de leurs sous-groupes, qui s'engueulaient sans cesse, demeuraient hermétiques au reste du monde. Dès que l'un d'entre eux envisageait, ne serait-ce qu'un instant, de prendre des responsabilités et de sortir du lot, les autres l'en empêchaient à coup de menaces, d'intimidations et d'insultes. De vrais Gaulois à tous points de vue, tant par leur goût pour la zizanie que par leur couleur de peau, extraordinairement homogène. Leur seul fil rouge, finalement, c'était leur sacro-sainte bagnole, et leur réaction à fleur de peau dès qu'on y touchait de près ou de loin. Il se rappelait vaguement cet absurde sketch de Raymond Devos où des conducteurs tournaient sans fin sur un rond-point dont les sorties sont condamnées. Même morts, ils continuaient d'y tourner, mais dans un corbillard. Une bonne métaphore des Gilets Jaunes, tiens. Ni de droite, ni de gauche, incapables d'assumer les responsabilités les plus simples, les Gilets Jaunes étaient restés bloqués sur leur rond-point mental. Mais ils conservaient toujours leur capacité de nuire, surtout avec ce bourrin de Rollo comme chef de file.

Un autre bloc imposant, celui des Gilets Rouges (il avait fallu inscrire cette dérogation exceptionnelle en matière de couleur dans la nouvelle Constitution), siégeait à l'extrême-gauche de l'Hémicycle. S'ils avaient insisté pour être assis là-bas, ils s'étaient divisés pour savoir s'il fallait être à gauche du point de vue du Perchoir ou du point de vue des Députés-Citoyens. Le débat n'était pas encore définitivement tranché, ça s'engueulait beaucoup sur le sujet. Globalement, ça s'engueulait beaucoup chez les Gilets rouges.

Il faut dire que constituer un bloc rassemblant La France Insoumise, la CGT, le Nouveau Parti Anticapitaliste, la secte de Benoit Hamon et les reliques du Parti Communiste, relevait de la gageure. Les trotskistes avaient pour leur part refusé de s'associer à ce groupe, pour des raisons connues d'eux seuls. Olivier Brelle, quant à lui, n'avait de toute façon, jamais su faire la différence profonde entre les uns et les autres.

Issu d'un milieu « traditionnel », passé par les scouts d'Europe, fervent catholique, il ne pouvait pas encadrer ces gauchistes et leurs lubies collectivistes, qui avaient transformé la France en un nouveau Venezuela, sans le soleil ni le pétrole, comme dirait l'Autre.

Depuis l'incarcération et le procès de Jean-Luc Mélenchon, le Grand Citoyen Picard exerçait sur son groupe une influence digne d'un gourou de secte. Et si ça s'engueulait certes beaucoup, tout le monde finissait par le rejoindre sur sa ligne politique. Ligne qui reposait essentiellement sur la traque tous azimuts et sans fin des riches, des nantis et des trop bien nés. Enfin, le peu qu'il en restait dans la France de 2028.

Picard et lui auraient pu être copains dans leur jeunesse ; ils avaient après tout fréquenté les mêmes types d'établissements privés et catholiques. Mais un jour viendrait, comme le savait pertinemment Olivier Brelle qui s'y préparait, où sa logique et celle de Picard s'opposeraient frontalement.

Il y avait ensuite son propre groupe, celui du Front National, de loin le plus nombreux du Rond-Point. L'appellation Rassemblement National, cette drôle d'idée de Marine, n'avait jamais imprimé les esprits. Les gens, qu'ils soient amis ou ennemis, persistaient à parler du Front et on avait donc officiellement choisi de revenir à l'ancienne marque. En ces temps troublés, les bons citoyens avaient besoin de repères stables. Alors que Dieu sait qu'il avait pu en son temps faire frémir les bien-pensants, le Front National avait fini par incarner dans le chaos ambiant un îlot de stabilité. Pour autant, le parti n'avait heureusement abandonné aucun de ses principes fondateurs. Qui plus est, la stratégie de dédiabolisation n'ayant plus lieu d'être, on avait enfin pu arrêter de faire semblant. Sur la préférence nationale pour les Français de souche, sur la haine de l'Europe, sur une politique migratoire enfin ferme, sur la lutte pied à pied contre l'islam et les musulmans, ainsi que sur son antisémitisme viscéral, le Front n'avait en rien abdiqué. Bien au contraire, il avait trouvé dans le nouveau régime les conditions optimales de la mise en œuvre de ses préceptes.

Toutefois, en appliquant ces derniers avec une méthodologie quasi-institutionnelle et un professionnalisme qu'aucun des autres blocs ne pouvait ne serait-ce qu'approcher, le Front National rassurait encore davantage le Peuple. La vraie ruse de l'histoire, c'était que lui, Olivier Brelle, qui n'avait dans sa vie travaillé que quelques mois, avant d'entamer une carrière d'apparatchik au look de gendre idéal, incarnait désormais aux yeux des Français ce professionnalisme et cette compétence. Il concédait volontiers que Marine lui avait bien chauffé la place, mais il l'occupait quand même mieux qu'elle. Parce que la famille Le Pen et la compétence, on dirait ce qu'on voudrait, ça avait toujours fait deux. Et trois avec le travail.

Enfin, à l'extrême-droite, toujours selon l'endroit d'où l'on regardait le Rond-Point, il y avait le petit groupe de Debout la France, toujours dirigé par cet excité velléitaire de Dupont-Aignan. Éternel loser, celui-ci lorgnait désormais la place du grabataire général de Monceau. On trouvait ensuite les groupes de ses amis intégristes de la Manif pour Tous et du Bloc Identitaire, qui avaient réussi à faire abroger la loi Taubira et à lancer le fichage des homosexuels, officiellement à des fins « d'optimisation du suivi médical des individus dans le cadre du don de sang ».

Enfin, tout en haut, siégeaient individuellement, une bande de complotistes, tous plus timbrés les uns que les autres, dont les increvables Étienne Chouard et Alain Soral. Discrètement, Olivier Brelle leur adressa une quenelle amicale. Son tour d'horizon fini, il se rassit pour se concentrer sur ses notes avant de s'adresser à des députés-citoyens, dont nul ne connaissait plus le nombre exact, dans la gigantesque cour de récréation qu'était devenue l'Assemblée Nationale, uniquement peuplée de derniers de la classe.

*

«J'ai l'honneur de vous annoncer que pour enrichir le Royaume,
je vais faire périr tous les nobles et prendre leurs biens.»
Alfred Jarry, *Ubu Roi*

Xavier Picard
Grand Citoyen en charge de la Justice Sociale

Marseille

Dans la rame de TGV essoufflée qui l'emmenait vers Marseille, Xavier Picard ne se laissait pas déconcentrer par le défilé du paysage, pourtant spectaculaire, d'une France qu'il était en train de remodeler à sa main.

Interrompant la lecture de la biographie de Maximilien de Robespierre par l'historien communiste Albert Mathiez, par ailleurs grand admirateur de la Révolution bolchévique, il laissa libre cours à ses propres réflexions historiques. À la recherche de marqueurs pour la construction de son propre personnage, il avait déjà lu plusieurs fois l'ouvrage.

Il trouvait à la fois détestable, mais très habile, la façon dont les ennemis politiques de la gauche révolutionnaire, et en particulier, plus d'un siècle après les faits, les libéraux comme François Furet, avaient non seulement caricaturé Robespierre comme un despote illuminé et adepte de la Terreur, mais s'en étaient servi pour combattre idéologiquement le Communisme. N'en déplaise aux tenants de l'ordre ancien, les faits étaient pourtant têtus. Robespierre, un enfant du peuple, n'avait dû sa progression jusqu'au pouvoir qu'à son seul mérite et à son travail. Il avait défendu l'abolition de la peine de mort et de l'esclavage ainsi que l'égalité de chacun devant le vote, indépendamment de sa couleur ou de sa religion. Certes, il y avait eu quelques excès de zèle du Comité de Salut Public, et cela, ses ennemis ne s'étaient pas privés de l'exagérer et de l'utiliser. Mais n'oublions pas qu'on faisait alors face à l'adversité de monarchies voisines à la fois conservatrices et vindicatives, tandis qu'il fallait combattre un ennemi intérieur disparate et sournois.

Ce que l'Histoire manipulée retenait malheureusement beaucoup moins, c'était l'œuvre sociale de Robespierre. Dès 1791, il avait fait sévèrement réglementer la Bourse, qui n'était « plus qu'un jeu de primes, où chacun vendait ce qu'il n'avait pas, achetait ce qu'il ne voulait pas prendre », comme l'avait très justement souligné le législateur de l'époque. Sous la Convention, pour lutter contre la spéculation sur les biens de première nécessité, Robespierre avait fait voter la Loi du Maximum général, qui introduisait un prix maximal du prix du grain et de trente-neuf autres articles comme la viande, le beurre ou le vin. Au passage, la loi permettait également d'inscrire sur la liste des suspects tout contrevenant s'enrichissant sur le dos des pauvres.

Comme on pouvait s'y attendre, ces mesures sociales en faveur du peuple, de même que l'interdiction de la spéculation boursière, avaient immédiatement été abolies après le Coup d'État qui avait mené à l'arrestation et à l'exécution de Robespierre par le clan des corrompus. Ce qui avait laissé le champ libre aux ultralibéraux de l'époque puis au dictateur Bonaparte. Il faudrait en toucher un mot à Zemmour, pour que son grand Roman National du Peuple français rende sa place légitime à l'œuvre du bon Maximilien. Heureusement, les temps avaient bien changé dans ce pays, où la caste bourgeoise des patrons, des banquiers et des dirigeants politiques compromis, ne réécrivait plus l'Histoire à son avantage. Et cette mutation historique était en grande partie son œuvre personnelle.

*

En 2016, quelques années avant le grand bouleversement, Xavier Picard avait annoncé la couleur dans une interview prémonitoire au très indulgent magazine Télérama : « Les élections ne servent plus à rien. Seul un mouvement de grande ampleur, violent s'il le faut, permettra le progrès social ».

Cohérent avec cette approche de contournement de la démocratie représentative, il avait remarquablement su saisir l'opportunité historique, offerte sur un plateau par la Révolution des Gilets Jaunes, qu'il avait, faute de la déclencher, accompagnée, encensée et dans la mesure du possible récupérée. Le violent bouleversement de la France avait jailli non des urnes mais des territoires ruraux et semi-urbains oubliés, des paysages désindustrialisés et des villes moyennes. D'une France périphérique assez justement théorisée par des géographes-sociologues de salon qui avaient malheureusement trouvé là un bon filon littéraire, et pécuniaire. Les habitants de ces contrées scandaleusement abandonnées par Paris, les petits, les sans-grades, les perdants de la mondialisation, avaient crié leur colère au visage des patrons millionnaires, des politiciens compromis et des citadins égoïstes et claquemurés. Ils avaient cassé, pillé, provoqué et fait trembler le pouvoir. La basse classe moyenne précarisée avait fait sa jonction avec le lumpenprolétariat des ouvriers, des paysans et des chômeurs. Puis les cités de banlieue, ces déchets de la mondialisation libérale, s'étaient jointes à eux. Et enfin, les policiers, qui ne l'oublions pas, restaient avant tout des fils du peuple, avaient, dans un sursaut moral comparable à celui des marins du Cuirassé Potemkine, désobéi aux ordres de leurs anciens maîtres et renoncé à réprimer les insurgés.

Le Peuple français enfin réuni, enfin sorti de l'aveuglement, s'était constitué en une force disparate, violente, incandescente et portée par les vents de l'Histoire. Comme une vague inarrêtable, elle avait fait vaciller puis chuter oligarchie et libéralisme. Ne reposant que sur des illusions, celles-là mêmes qui avaient de tout temps été inculquées de force aux esclaves chargés de le défendre, le système honni s'était finalement révélé étonnamment fragile : une fois le voile tombé et les opprimés libérés, l'oligarchie désormais nue et apeurée s'était effondrée d'elle-même. Et lamentablement carapatée avec son précieux et infâme pognon.

Des années plus tard, Xavier Picard, qui avait surtout suivi le mouvement la caméra au poing dans l'optique d'un documentaire partisan, et soufflé sur les braises de la colère autant qu'il le pouvait sans participer à aucune manifestation un tant soit peu dangereuse, avait encore des frissons en pensant à cette Révolution des Gilets Jaunes, qui n'avait d'égale dans l'Histoire que la Révolution Française de 1789.

Mais de même que la Révolution de 1789 ne s'était pas arrêtée à la prise de la Bastille, la Révolution Citoyenne s'était poursuivie après la chute du tyran Macron. Car le renversement d'institutions bourgeoises vermoulues n'était qu'une première étape dans son grand dessein, dans sa vision : la reconfiguration sociale de la France vers l'Égalité parfaite, dont il se considérait à la fois le théoricien et l'architecte. À en lire le récit, à en connaître ses hommes, à en regarder ses paysages, il sautait aux yeux que toute l'Histoire de France avait été celle de l'oppression du Peuple par des maîtres utilisant sans vergogne des armes institutionnelles, juridiques, économiques, policières, religieuses et culturelles pour s'enrichir et se reproduire, génération après génération. De même que Robespierre avait dû continuer la lutte contre les forces de l'argent, la Révolution ne serait cette fois-ci achevée que lorsque les derniers héritiers des castes, et surtout les mécanismes permettant leur perpétuation, seraient d'une façon ou une autre éradiqués.

En effet, même si les vents semblaient favorables à ce grand projet, Xavier Picard n'était pas naïf. Certes, Emmanuel Macron, l'homme au service des « cinq cents familles qui se gavent », avait bien été chassé de son palais doré, entraînant avec lui dans sa fuite les héritiers, les exilés fiscaux, les grands patrons et leurs multinationales. Picard avait jubilé quand toute la finance internationale installée à Paris avait foutu le camp quasiment dans la nuit. D'un seul coup (de maître !), on avait annihilé la pathétique tentative des adorateurs du veau d'or pour attirer à Paris, à coups de cadeaux fiscaux, une partie de l'industrie financière ayant choisi de quitter Londres après le Brexit. Toutefois, et il en enrageait, la victoire n'avait pas été totale.

Certes, les médias au service du patronat, et en particulier ceux aux mains des milliardaires du luxe et de l'industrie militaire, avaient été interdits et ne propageaient plus leur propagande pro-libérale. Certes on avait réussi à purger l'économie française de ses parasites les plus voyants. Mais il en restait des grappes entières, suçant le sang des travailleurs, Xavier Picard le savait, qui complotaient dans l'ombre, affutaient leurs arguments idéologiques et préparaient leur retour. Aidée par les pays capitalistes, et en particulier par l'Allemagne, la

Résistance en Marche s'attaquait aux lâches et aux faibles et organisait partout une véritable 5e colonne qui sapait son grand œuvre.

Comme Robespierre sentant les couteaux s'affuter dans son dos, il n'était pas dupe. Il le sentait venir, il n'était pas loin, le moment où l'on dirait qu'on était allé trop loin dans l'égalitarisme forcené. Que l'enragé Picard devait être contenu. Il ne fallait d'ailleurs pas chercher loin le terreau des futurs traîtres : les boutiquiers poujadistes du Front National, aux ordres des lobbies commerçants. Conduits par ce catho bien né d'Olivier Brelle, ceux-là n'avaient ainsi jamais été d'authentiques défenseurs du peuple et des pauvres. Ou alors pour la galerie, et une fois tous les cinq ans.

Dans les faits, ça avait d'ailleurs commencé. On venait lui expliquer, la bouche en cœur, que la politique économique et sociale qu'il avait initiée faisait fuir les riches et les richesses, que les impôts ne rentraient plus, que l'État était soi-disant en faillite. Les investisseurs et les entreprises auraient fui la France, qui se serait incroyablement appauvrie depuis la Révolution des Gilets Jaunes.

Balivernes ! Propagande de capitalistes ! Xavier Picard n'était pas économiste, Dieu le préserve de cette sale engeance, mais il était suffisamment lucide pour comprendre les grands mécanismes de production et de reproduction sociale. Pas besoin des leçons hypocrites des collabos.

À ses yeux, il était évident que si la dette de la France ainsi que sa nouvelle monnaie citoyenne avaient été attaquées par les marchés financiers, c'était que leurs initiatives redistributives et leur visionnaire laboratoire économique faisaient peur aux ennemis du Peuple. Si le FMI ne voulait pas prêter à ce grand pays souverain qu'était la France, c'était évidemment qu'il était téléguidé par ses ennemis, et notamment l'infâme et impérialiste Union Européenne, enfin ce qu'il en restait, aux mains de la vicieuse et dominatrice Allemagne. En somme, chaque nouvelle attaque contre la France était une preuve qu'on allait dans le bon chemin.

Et ce bon chemin, son grand projet, c'était la grande purge de l'économie française. Depuis maintenant près de dix ans, on s'employait avec un certain succès à la débarrasser de tous les facteurs d'inflation, de tous ses acteurs toxiques. Tels que les profits des grandes entreprises et ceux des fonds spéculatifs. Tel que les banques. Tel que les riches. On ramenait l'économie à son étiage réel, qui était foncièrement égalitaire. En supprimant certaines productions parasites, inutiles et coûteuses, qui excédaient le niveau de biens et de services dont la population avait vraiment besoin, on ne procédait pas à une opération d'appauvrissement comme le hurlaient les libéraux, mais au contraire à un apurement bénéfique. On n'organisait pas de la décroissance bête et méchante, mais bien la suppression des mécanismes malins générant de l'inégalité sociale.

On avait enfin éliminé l'industrie financière, dont l'activité consistait principalement à spéculer sur le capital des entreprises, à encourager les délocalisations et les reventes à la découpe. Cette activité détruisait non seulement – c'était au fond son but final – l'industrie et l'emploi sur des territoires déjà fragilisés, mais qui plus est, le secteur distribuait des bonus extravagants et défiscalisés à ses actionnaires, à des traders ou aux banquiers d'affaires. Plus pernicieusement, ces revenus disproportionnés et immoraux avaient comme conséquence corollaire de distordre le prix des biens et des services achetés et de les déconnecter par rapport à leur valeur réelle, au détriment naturellement des plus faibles. Quand les prix de l'immobilier, des loisirs, des transports, de la nourriture sont tirés à la hausse par des individus au pouvoir d'achat quasi-infini, le smicard est irrémédiablement exclu de l'accès à ces biens, désormais éternellement hors de portée.

Dans un autre registre, les produits de luxe et surtout les incroyables marges réalisées entre le coût de revient et leur prix de vente, créaient une économie de l'illusion et du faux. On avait à l'époque coutume de se réjouir de ce que LVMH exportât par milliards en Chine ou au Japon, ses sacs à main stupides et ses paires de chaussures ridicules, mais l'essentiel de la richesse créée était en fin de compte captée par les actionnaires et le peu qui en ruisselait nourrissait un petit cercle immédiat d'individus, employés et sous-cadres de ces firmes, leur faisant croire qu'ils bénéficiaient de la valeur créée. Et à nouveau, en étirant l'échelle des prix des biens, ce système excluait imparablement des individus et des familles. Tout en les humiliant.

En étudiant le sujet de la production de biens par le système capitaliste, Xavier Picard avait découvert le phénomène économique de «l'écrasement du milieu» : dans le monde libéral, depuis la grande dérégulation du commerce débutée dans les années 1990 et quelle que soit la marchandise produite, une entreprise avait intérêt à se spécialiser soit sur le *mass-market* de basse qualité, à faible marge et à petit prix, c'est-à-dire les biens et services destinés aux pauvres, soit à viser une clientèle avide de super riches jamais satisfaits et aux moyens sans limites. En langage économique, on disait que leur demande était inélastique au prix. Et l'entreprise de rattraper les faibles quantités vendues sur ce segment grâce à des marges monstrueuses. Immoral et toxique. Entre Dior et Kipsta, plus personne n'avait le droit d'exister.

Encore plus pernicieux, les travailleurs produisant les services consommés par ces riches, tels que restaurateurs, employés de maison, ouvriers en bâtiment, pouvaient avoir l'impression de bénéficier de la fausse richesse accaparée par leurs maîtres, et en venaient donc à soutenir le système. Or, même s'il leur arrivait de récolter quelques miettes, ils étaient impitoyablement exclus de l'accès au magot. Pour toujours. Et leurs enfants après eux.

L'impact sur la société de ces mécaniques bien huilées était limpide et inéluctable : une économie coupée en deux entre des Eloïs méprisants et des Morlocks repoussés aux franges de tout. La théorie du ruissellement non seulement ne pouvait pas fonctionner, mais appauvrissait mécaniquement l'économie, et le Peuple. La richesse accumulée par quelques-uns pouvait atteindre le premier cercle de ce qu'il fallait bien appeler des collabos, mais appauvrissait in fine le plus grand nombre, par le jeu vicieux de la distorsion des prix relatifs. La destruction du vieux système économique, même si cela faisait un peu mal, même si elle faisait couiner ses nouveaux amis, était infiniment salutaire. C'était également l'outil principal de son Grand Œuvre, que personne ne saurait ralentir.

*

« On résiste à l'invasion des armées,
on ne résiste pas à l'invasion des idées. »
Victor Hugo

Sergei Molotov
Ambassadeur de la Fédération de Russie et Gouverneur des Enclaves Russes en France

Enclave russe, Paris 7e arrondissement

Dans son bureau joliment décoré et donnant sur la Seine, Sergei Molotov, un cigarillo à la main et en bras de chemise, riait grassement en lisant la lettre qui lui était parvenue le matin même, au milieu de l'épaisse pile habituelle de courrier. Il s'agissait à la fois d'une lettre rédigée à son attention personnelle, ainsi que d'une tribune ouverte, qui avait été, concomitamment à son envoi officiel, postée sur Facetube. C'était une sorte de pétition. Non ! Encore mieux, comment ils appelaient ça déjà, ces *kretiny* de Français ? *Ah da, un RIC ! Bol'shoy !* Lui aussi avait droit à son Référendum d'Initiative Citoyenne ! La lettre émanait du syndicat des prostituées françaises, qui se plaignaient que les Russes amenassent jusqu'aux enclaves leurs propres filles, et ce par charters entiers. La présence, effectivement massive, de filles russes, bien plus jeunes, bien plus jolies et surtout bien plus dociles, constituait selon le syndicat un cas manifeste de concurrence déloyale envers la main d'œuvre locale. Elles exigeaient un quota et des prix minimums garantis. Ça allait bien se gondoler, à Moscou, quand il leur transmettrait officiellement la requête.

Ce qui est sûr, c'est qu'il y avait de gros besoins de main-d'œuvre dans ce secteur, et ce, dans l'ensemble des enclaves russes éparpillées sur le territoire français. Enclaves qu'ils avaient habilement négociées, lui, l'arrière-petit-neveu du mythique Viatcheslav Molotov, le « marteau de Staline », et dont il avait désormais l'entière responsabilité.

S'allumant un nouveau cigarillo, Sergei Molotov jeta un œil à la carte de France, amputée de la Corse, qui tapissait un mur entier de son bureau, et sourit. De petits drapeaux russes représentaient les concessions obtenues auprès du nouveau régime français. Le plus gros étendard symbolisait le siège de la représentation diplomatique russe, établie dans l'enclave du 7e et 8e arrondissement de Paris. Il y avait également un drapeau sur l'enclave des Alpes, qui regroupait notamment Courchevel, ainsi que Méribel et Val d'Isère, stations luxueuses désormais désertées par les Anglais et les Hollandais. La piste de l'aérodrome de Courchevel, qui, ironie de l'histoire, avait servi comme décor d'une base russe dans un mauvais James Bond, « *Tomorrow Never Dies* », avait été allongée et consolidée pour que les jets privés puissent s'y poser et en décoller directement. Plus besoin de transiter par Genève ni de s'enquiller deux heures et demie de route dans une voiture pourrie en compagnie d'un chauffeur de taxi à gilet jaune. Plus au sud, l'enclave méditerranéenne était constituée d'un chapelet de zones sécurisées situées dans une bande de terre s'étendant de Menton à Cannes. L'aéroport de Nice accueillait désormais la deuxième base mondiale de la compagnie Aeroflot, après l'aéroport géant de Sheremetyevo à Moscou. Les petites enclaves méridionales, dont un certain nombre d'habitants avaient dû être fermement évacués par le Triumvirat, faisait la jonction avec l'Italie (un autre pays ami de la Russie) et avec la Principauté de Monaco, que les Russes avaient toujours particulièrement appréciée.

Deux autres petits drapeaux se dressaient sur la moitié sud de la carte, plantés l'un sur le Lubéron, l'autre, plus à l'ouest, sur Biarritz. L'existence d'une concession russe à Biarritz relevait davantage d'une nostalgie un peu sentimentale pour un passé mythifié, au cours duquel des aristocrates slaves avaient pris sur place leurs quartiers d'été, que d'un véritable intérêt des Russes pour l'endroit lui-même. Ses compatriotes n'appréciaient ni le surf ni la culture locale, pas assez clinquante. Et le climat était vraiment trop dégueulasse, là-bas.

Le plus drôle, pendant les discussions sur le principe et les périmètres des concessions, auxquelles Molotov avait participé quelques années plus tôt, restait l'empressement des Français à refourguer aux Russes toutes ces zones-là. Comme si le Triangle d'Or, Courchevel ou

Cannes, ces anciens repères de riches, trop chers, trop opulents, trop marqués sociologiquement, leur brûlaient les doigts. Avec ses délires d'égalisation sociale au forceps, le nouveau Gouvernement faisait une telle chasse aux quelques péquins encore vaguement aisés (les vrais riches étaient partis depuis bien longtemps), et ce surtout s'ils étaient juifs, qu'ils avaient refourgué avec joie leurs plus belles pépites à des oligarques russes s'y comportant comme des barons d'Empire dépravés et orgiaques. Et du moment qu'il ne s'agissait pas de citoyens français, ça n'émouvait personne sur les ronds-points. Fascinants Français. Le plus risible était que les débordements des Russes – et Dieu sait qu'il y en avait – étaient consciencieusement étouffés par leurs « amis » au sein du nouveau pouvoir Jaune.

Il faut dire qu'en contrepartie, la Russie fournissait chaque année à la France l'équivalent de dizaines de milliards de dollars de pétrole, de gaz et de devises. Pas suffisamment pour reconstituer une économie stable, et surtout pas un État solide, loin s'en fallait, mais juste assez pour que le Peuple mange à sa faim et que le pays ne s'enflamme pas à nouveau. Aux abois, isolés sur la scène internationale, les pathétiques dirigeants du nouveau régime n'en demandaient pas plus.

Après plusieurs expériences grandeur nature, la politique d'assistance économique et politique des Russes était maintenant rodée. En 2008, pendant la précédente Grande Crise Financière, ses prédécesseurs avaient lancé un premier ballon d'essai en proposant une aide de quatre milliards d'euros à une Islande ruinée, en contrepartie d'un droit de mouillage dans un port conférant à la marine militaire russe un accès stratégique à l'Atlantique Nord. Mais les Islandais avaient la tête dure ; ils avaient pris l'argent, mais refusé l'installation de la base militaire. Surtout, les Américains avaient rappliqué très vite en repositionnant sur l'île volcanique une partie des troupes qu'ils avaient évacuées en 2006. Quelques années plus tard, et un peu plus au sud, les Russes avaient tenu le Venezuela en rênes courtes à coups de livraisons de gaz, de devises et de prêts bonifiés, mais le régime n'avait pas survécu à l'effondrement total de l'économie du pays.

Et puis l'opportunité du siècle s'était offerte à Moscou : la France, un pays auparavant indépendant et solide, quasiment autosuffisant économiquement et politiquement, avait délibérément choisi de se saborder, avant de venir mendier une quasi-mise sous tutelle russe. Étonnant, voire inespéré. Plus de quinze ans après l'épisode islandais, la situation géopolitique et économique avait à cette époque radicalement changé : d'un point de vue stratégique, les Américains n'en avaient désormais plus rien à foutre de l'avenir de la France et n'allaient pas envoyer leurs boys se faire descendre en Normandie une deuxième fois. Surtout pour sauver des petits Français paresseux et ingrats, qui, non contents de s'être fragilisés tout seuls, comme des grands, s'étaient joyeusement jetés dans les bras de l'ennemi héréditaire russe.

Au fil de son séjour, Molotov s'était forgé une piètre opinion des Français. À rebours de la voie diplomatique tracée par son aïeul, il avait choisi la voie des armes. Officier de formation de l'armée de Terre, bercé pendant des années au récit des exploits de l'Armée Rouge pendant la Grande Guerre Patriotique, féru de récits de batailles, Molotov se considérait comme un amateur éclairé d'histoire militaire. Surtout, il considérait qu'on jugeait l'âme d'un peuple à ses faits d'armes, qu'il convenait dès lors de connaître correctement. Par conséquent, et afin de comprendre où ses patrons du Kremlin lui avaient ordonné de mettre les pieds (et de l'ordre), il s'était fait ouvrir à plusieurs reprises le musée militaire des Invalides, tout proche de l'enclave russe de Paris. Il avait également fréquenté de nombreux Français (Paris ne manquait pas de bons citoyens obséquieux prêts à collaborer avec le partenaire russe) et très scolairement fait des lectures sur l'histoire et la culture locale, en complément des dossiers constitués par le FSB.

Au fil de ses années parisiennes, Sergei Molotov avait fini par élaborer sa propre analyse de l'âme des Français. Au fond, ceux-ci étaient tellement autocentrés et arrogants, tellement minés par leurs divisions, tellement peu disciplinés, que même si certains citoyens avaient, dans la longue histoire de cette vieille nation, indiscutablement fait preuve d'un certain courage, les Français étaient en règle générale incapables de faire de bons combattants, ni de bons patriotes. En conséquence, ils étaient, selon l'analyse lucide et implacable de Molotov, incapables de correctement défendre leur patrie. Qu'au fond ils n'aimaient probablement pas.

Pour preuve, en se penchant sur l'histoire militaire locale, Molotov avait ainsi remarqué que lorsque la France encaissait des défaites, ce qui était étonnamment fréquent pour une nation se targuant d'une histoire militaire aussi glorieuse, celles-ci combinaient presque systématiquement les trois mêmes caractéristiques : tout d'abord, une posture initiale arrogante, parfois justifiée par une vraie position de force mais finalement punie et balayée dans les grandes largeurs par un ennemi plus habile ou plus innovant ; ensuite, des dissensions politiques, des traîtrises ou des faillites individuelles relevant quasiment du sabotage et précipitant la défaite ; enfin, des conséquences politiques lourdes et durables pour le pays. Au final, des roustes aussi cuisantes qu'humiliantes, voire, il fallait le reconnaître, confinant au ridicule. Avec son ironie mordante de vieux Russe blasé, Molotov appelait cela l'Art français de la Défaite.

Et cet Art remontait à loin. Alésia ? Quatre-vingt mille Romains bien organisés mènent le siège d'une ville fortifiée, et, eux-mêmes assiégés, parviennent à terrasser deux cent cinquante mille Gaulois désordonnés, ouvrant la voie à une domination séculaire de Rome sur la Gaule. Bien plus tard, en 1346, soit au début de la Guerre de Cent Ans, six mille archers gallois massacrent en quelques heures, sur les champs de bataille de Crécy en Ponthieu, dans le nord de la France, la fine fleur de la chevalerie française. Appliquant jusqu'à l'absurde une doctrine tactique rendue obsolète par les longs arcs des Gallois, les chevaliers français auront en vain chargé plus de quinze fois dans leurs lourdes armures. Les conséquences de ce pathétique entêtement sont lourdes : l'armée de vingt mille soldats anglais d'Henri III fait plier une armée française de cinquante mille hommes, permettant à l'Angleterre d'annexer pendant près de soixante-quinze ans une grande partie du territoire de ce qui était alors le Royaume de France.

Taquin, Molotov avait un faible pour l'ineffable épisode de la bataille de Pavie. Au cours de celle-ci, l'impétueux François 1er, un des rois préférés des Français, qui n'avaient pour la plupart retenu de ce monarque que l'inutile victoire de Marignan, tenait très solidement la ville fortifiée de Pavie, en Italie, lorsqu'il décida sur un coup de tête une sortie bravache, et surtout tactiquement inutile. À découvert, alors que les bombardes des remparts avaient cessé de tirer de peur de le blesser, il avait réussi l'exploit d'embourber son cheval dans des marais et de se faire capturer par les alliés de l'empereur Charles Quint. Transféré à Madrid, le roi de France y était resté emprisonné treize mois avant d'être libéré en échange de deux de ses fils. L'un des deux mourrait en Espagne, l'autre deviendrait le roi Henri II mais conserverait toute sa vie l'accent populaire et le vocabulaire ordurier de ses geôliers espagnols. À nouveau, le coût du panache royal avait été élevé pour le glorieux Royaume de France ! Et ce, tant en matière d'amour-propre, que de conséquences politiques.

Au cours de ses visites au Musée des Invalides, Molotov avait naturellement eu l'occasion de se pencher sur le cas Napoléon, des exploits militaires duquel le bâtiment était rempli ad nauseam. Certes, grâce à une indéniable habileté tactique, le général corse avait remporté quelques superbes batailles sur les plaines allemandes et italiennes. Toutefois, la finalité politique de ces batailles restait obscure – encore aujourd'hui, l'intérêt stratégique pour la France d'une invasion de la Russie demeurait inexpliqué. Pire encore, leur coût humain s'était avéré bien lourd pour un pays déjà rendu exsangue par plusieurs années de Révolution sanglante et de guerre civile. In fine, au prix de la mort de dizaines de milliers de soldats français, de l'invasion de la mère patrie par une coalition européenne, du retour de la vieille monarchie, il ne restait des quelques victoires inutiles de Napoléon que des plaques de rues parisiennes. Et bien évidemment le mot « bistrot », importé par les Cosaques stationnés à Paris en 1814.

En revanche, les défaites du grand homme, magistrales, ne souffraient pas de discussion. Surtout, elles reproduisaient fidèlement les caractéristiques très françaises identifiées par Molotov et déjà observées par le passé. Ainsi, à Trafalgar, la marine anglaise en infériorité numérique dame le pion à Napoléon, piètre marin malgré son insularité natale, privant la France de l'accès à l'océan et asseyant pour plus d'un siècle la domination maritime de l'Empire Britannique. En Russie – Molotov avait, comme beaucoup de ses concitoyens, un faible pour le glorieux épisode de la Berezina – les Russes avaient habilement acculé puis décimé la soi-disant Grande Armée des Français. Dans un premier temps très satisfaits d'eux-mêmes après la prise de Moscou – que les Russes avaient délibérément évacuée et incendiée – les Français avaient dû lamentablement battre en retraite, avant de se noyer par centaines dans une rivière gelée. À Waterloo, la coalition de bric et de broc des Anglais, des Allemands, des Prussiens et des Néerlandais, à nouveau en infériorité numérique et ne parlant même pas la même langue, avait fait plier l'armée impériale française, fragilisée par les errements tactiques de Napoléon et, il faut le dire, quelques traîtrises.

Le résultat de ces victoires sans lendemain et de ces défaites cuisantes ? En juin 1815, la France est ramenée à ses frontières de 1789. Tout ça pour ça, chapeau, le stratège de génie.

C'était amusant, mais il semblait que l'Art français de la Défaite figurait dans les gènes familiaux. En 1870, Napoléon III, déjà ridiculisé par l'échec de sa désastreuse campagne mexicaine, s'en va la fleur au fusil batailler contre des Prussiens en avance d'une guerre sur le plan tactique, avant de parvenir à l'exploit de hisser le drapeau blanc et de se faire capturer par l'ennemi, un peu à la François 1er.

Les conséquences pour la France de cette aventure se révèlent à nouveau très lourdes : une insurrection proto-bolchévique à Paris, la chute de l'Empire et une amputation longue de cinquante ans du territoire national.

Puis survient juin 1940, l'humiliation suprême. En cinq petites semaines, la soi-disant plus puissante armée du monde, à nouveau en retard d'une guerre, avait été balayée par les panzers, les stukas et le génie tactique des nazis (ceux-là mêmes que les Russes avaient repoussés deux ans plus tard à Stalingrad). Génie au demeurant bien aidé en sous-main par le traité de non-agression habilement négocié avec le médiocre Ribbentrop par son grand-oncle, alors ministre des affaires étrangères de Staline.

Face à un adversaire laissé tranquille, du moins temporairement, sur son front Est, la déroute militaire des Français avait été aussi totale qu'inattendue. La population civile s'était enfuie sur les routes, la capitale avait dû être délocalisée plusieurs fois (Paris qui n'est plus la capitale de la France : rien n'est éternel, décidément), la IIIe République s'était effondrée et ses derniers représentants vautrés dans les bras d'un vieux militaire fascisant.

Quelle gifle, quelle humiliation, quasiment sans équivalent dans l'histoire militaire ! En tenant compte de la taille et de la population respectives des deux pays, la Belgique avait finalement mieux résisté à l'avancée allemande.

Et le plus incroyable, c'est qu'après l'invasion et la capitulation en rase campagne, tout le monde était rentré chez soi, et avait, qui fait du marché noir, qui collaboré, qui livré des Juifs à la Gestapo. Il faut bien vivre, mon bon monsieur, les temps sont durs. Alors que dans le reste de l'Europe, les Yougoslaves et les Grecs (même les Grecs !) harcelaient les nazis, fixant sur place des troupes qui auraient pu être utiles sur le front de l'Est et contribuant, à leur petite échelle au basculement de la guerre, l'objectif de la Résistance française consistait essentiellement à aider des jeunes hommes à échapper au STO et à imprimer quelques tracts. Et encore plus lamentable, à se déchirer entre gaullistes et communistes, pour savoir qui gouvernerait le pays une fois qu'il serait libéré par les Américains.

Pour être juste dans son analyse historique, Molotov s'était également penché sur les victoires de l'histoire militaire française, certes beaucoup plus rares. Et de même, il avait identifié plusieurs traits communs : tout d'abord, elles étaient souvent inespérées, voire miraculeuses ; ensuite, elles nécessitaient une aide extérieure ; enfin, alors que les défaites avaient pour la plupart des conséquences catastrophiques et durables, les victoires françaises étaient mal transformées politiquement et apportaient finalement peu de bienfaits matériels ou moraux au pays.

Ainsi, la bataille de Gergovie, remportée contre César grâce à l'improbable unification des Gaulois par Vercingétorix, avait été effacée par la défaite d'Alésia quelques mois plus tard à peine.

La fameuse bataille de Marignan, dont on rebattait les oreilles des petits Français, avait été rendue stérile par le tordant épisode de Pavie.

Encore plus improbable, pour être libérés de la tutelle imposée par les Anglais pendant la guerre de Cent Ans, ces rigolos de Français avaient dû s'en remettre à l'intervention miraculeuse d'une bergère qui croyait que Dieu lui parlait directement. Avant de la trahir et de la livrer aux Anglais. Une histoire militaire décidément glorieuse.

Siècle après siècle, les belles victoires demeuraient ainsi miraculeuses ou inutiles, voire les deux. Même à Austerlitz, un des plus beaux exploits de l'histoire militaire française, qui avait relevé du génie d'un seul homme et de l'incroyable foi placée en lui par ses soldats, le soleil de la victoire avait quelques années plus tard été définitivement noyé dans la boue de Waterloo.

À une seule occasion seulement, entre 1914 et 1918, et Molotov le reconnaissait bien volontiers, les Français étaient restés étonnement unis et avaient plus que vaillamment résisté aux Allemands, avant de les faire plier. Sans toutefois jamais poser un pied sur l'autre rive du Rhin. Mais, phénomène étonnant pour les Russes, ce qui reste comme la plus grande saignée de l'histoire du pays n'était jamais célébré comme une victoire héroïque de la Nation sur un agresseur barbare, mais comme un sacrifice inutile, illustrant les horreurs de la guerre moderne. Bande d'ingrats, qui crachaient sans vergogne sur la tombe de leurs héros.

Aux yeux de Molotov, cette vision des choses sous-tendait un pacifisme de lâches, induisait la passivité à venir face au réarmement nazi et en fin de compte expliquait l'effondrement de juin 1940. Une fois de plus, les couards et les traîtres avaient réussi à saboter leur propre pays. En Russie, le terrible siège de Stalingrad, en 1943, avait été un bain de sang absurde et inhumain qui n'avait rien à envier à la boucherie de Verdun. Mais, à la différence de la France, le mythe savamment édifié d'une bataille héroïque où les soldats du Peuple avaient repoussé des ennemis sanguinaires (les mêmes, soit dit en passant) avait contribué à forger l'unité et la fierté du pays pendant des décennies.

En élargissant son analyse de la catastrophe de juin 1940, si habilement préparée par son illustre ancêtre, Molotov avait remarqué un autre point commun à certaines des défaites. En 1815, en 1871 et donc en 1940, on avait assisté à un effondrement politique du pays, voire à une faillite morale, qui ne procédaient pas de la défaite, mais qui la précédaient. Voire l'expliquaient. Au point qu'une fois la défaite militaire actée, l'envahisseur, loin de subir une guérilla épuisante et une résistance de chaque Français à chaque coin de rue, était, dans une certaine mesure, sinon accueilli en ami, du moins accepté comme un mal nécessaire permettant de ramener un semblant d'ordre finalement bienvenu. Au bout du compte, les Français avaient bien plus efficacement résisté à Macron qu'aux nazis. Et surtout avec bien plus d'empressement.

Quelques années plus tôt, en prévision de sa mission en France, Molotov avait été formé par le FSB aux rudiments de la psychologie locale. Un vieil agent qui, à l'époque de la guerre froide, avait été en poste à l'antenne parisienne du KGB, lui avait montré un film français des années 1970 qui, lui avait-il promis, reflétait très fidèlement l'âme française. Intrigué, il avait visionné Les Chinois à Paris, d'un certain Jean Yanne, qui racontait, sans grands moyens, l'invasion de la France par les troupes maoïstes. Devant la menace, et la fuite aux États-Unis du Président de la République, les Français s'enfuyaient dans leur voiture, créant un immense embouteillage, s'étripant sur l'autoroute et abandonnant le pays à un conquérant qui n'aurait pas eu à tirer le moindre coup de feu. Installé dans les Galeries Lafayette (ce qui était remarquablement visionnaire de la part du scénariste), l'État-major chinois se voyait immédiatement proposer l'assistance de Français plus décadents, intéressés et veules les uns que les autres. Après quelques mois d'occupation, les Chinois en venaient à la conclusion que les Français, trop corrompus moralement, risquaient de contaminer la foi communiste de leurs troupes et décidaient de se retirer d'eux-mêmes du pays.

En regardant le film, Molotov avait commencé par prendre des notes, puis compris qu'il s'agissait d'une parodie grinçante du comportement des Français sous l'occupation allemande et, finalement, bien rigolé. Quelques années plus tard, à son tour basé à Paris, quasiment dans le rôle du Gouverneur de l'Armée Rouge chinoise, il avait pu découvrir sur place la médiocrité des locaux, et constater comme la psychologie des indigènes avait été justement décrite dans le film. À défaut de courage et de talent militaire, il fallait reconnaître aux Français un sens remarquable de l'autodérision.

*

« *Mue : renouvellement partiel ou total de la peau, des poils ou des plumes d'un animal sous l'influence de la croissance, de l'âge et des conditions du milieu.* » Dictionnaire Larousse

Maxime Lebreton
Responsable de l'antenne Nord-Est de la Résistance en Marche

Quelque part dans les Vosges

« Les voilà, ils arrivent ! »

Debout sur un promontoire rocheux, Maxime Lebreton observait, concentré, le convoi de trois voitures entamer, depuis le creux de la vallée, la montée vers le sommet de la colline forestière où était niché leur repaire.

D'un geste sûr, il ajusta son vêtement technique, tira la languette de ses chaussures de randonnée et partit d'un bon pas vers le refuge. Ancien ministre du Logement, habitué des palais de la République, il vivait désormais dans une vieille ferme des contreforts des Vosges, à quelques encablures de la frontière avec l'Allemagne. C'est de là qu'il coordonnait, sous les ordres d'Alexandre Maldini, les efforts de la Résistance en Marche dans le Grand Est. Passant la plupart de son temps au grand air, il exhibait, pour la première fois de sa vie, un teint hâlé. Quelques années auparavant, d'apparence malingre et insipide, il avait flotté, toujours falot, toujours transparent, dans son costume trop large de technocrate. Un vrai petit gris. Désormais, il était buriné et affuté, à force de marches forcées dans la montagne. Adéquatement équipé pour les rigueurs climatiques et géologiques du pays, il passait d'ailleurs aisément pour un local. De toute façon, sur cette terre vosgienne à cheval entre la France et l'Allemagne, les autochtones avaient peu de sympathie pour la VIe République Citoyenne. Tout le monde était au courant de la présence de la Résistance en Marche dans la montagne et personne ne les avait jusqu'à présent dénoncés.

Investi d'une mission, contraint de vivre à la dure dans la clandestinité, Maxime Lebreton ne s'était jamais senti aussi vivant que depuis qu'il avait été condamné à mort par contumace par des Gilets Jaunes en furie, à l'issue de la parodie de procès qui avait eu lieu à Riom. Aujourd'hui retiré dans les bois et les montagnes, il se sentait, par moments, revenu à son adolescence passée au grand air de Saint Gaudens, en Haute-Garonne. Mais surtout, il avait retrouvé la foi qu'il avait un temps perdue : investi d'une mission, il lui revenait, à lui qui avait figuré parmi ses premiers disciples, de continuer à porter le message d'espoir et de progrès d'Emmanuel Macron.

« Combien sont-ils ? » demanda à Lebreton son compagnon Fred Serrero, un aquitain râblé, qui affichait en permanence un air triste et éteint.

Ancien journaliste à Sud-Ouest, Fred Serrero vivait également avec une cible dans le dos. Avant même la fermeture administrative de son journal, il avait déjà été identifié par les Gilets Jaunes comme un ennemi du peuple ; il avait en effet pris la mauvaise habitude de dénoncer régulièrement dans ses chroniques les violences commises sur les commerces, les parlementaires et les policiers, ainsi que l'impunité dont les « manifestants » bénéficiaient. En représailles, un groupe d'excités masqués l'avait tiré du lit au milieu de la nuit pour l'insulter devant sa famille et recouvrir de peinture jaune sa maisonnette de Talence, dans la banlieue de Bordeaux.

Surtout, le journaliste avait franchi les limites de l'acceptable pour le nouveau régime quand il avait pris fait et cause pour la communauté juive après l'incendie, par des auteurs jamais identifiés, de la Grande Synagogue de Bordeaux.

Après le drame, la communauté juive locale avait réagi en organisant une manifestation, pensant s'attacher des citoyens de tous bords. Delphine Horvilleur, la femme rabbin la plus connue de France, avait pris la tête du mouvement et s'était publiquement élevée contre la multiplication des actes et des agressions antisémites. Avant de se faire brutalement arrêter pour « complot contre le Peuple ».

La commission paritaire extrême-gauche/extrême droite constituée pour l'instruction de son procès fut conjointement menée par une cadre supérieure d'un parti d'extrême-gauche, figure connue de l'islamo-gauchisme et par un cacique du Front National, antisémite notoire, ancien du GUD et ami du vieux Waffen SS belge Léon Degrelle.

Circonstance aggravante, la commission avait réalisé que l'accusée était non seulement juive, mais également une Juive *libérale*, ce qui n'avait pas peu contribué à aggraver son cas. Delphine Horvilleur n'avait aucune chance de s'en sortir. Mais la parodie de ce procès n'était même pas arrivée à son terme. Après une semaine de sévices pratiqués par des « sympathisants » dans les caves de la préfecture, la pauvre femme, réduite à l'état de poupée ensanglantée, s'était vu passer par un agent du Mossad une capsule de cyanure qui avait mis fin à ses souffrances, à la grande rage de la Commission.

Journaliste couvrant ces évènements, Fred Serrero avait, dans son journal et sur les réseaux, constamment dénoncé la répression, la parodie de procès et les tortures infligées à Delphine Horvilleur. Jusqu'à ce que son domicile soit à son tour réduit en cendres par la milice populaire de Gironde, le forçant à passer à la clandestinité après avoir mis à l'abri sa famille.

« Je crois que nous en avons douze dans le convoi qui arrive.

– Avec les dix qui sont déjà ici, nous avons le bon nombre pour tenter un passage de la frontière par le col.

– Quelle est la composition du groupe, cette fois ?

– Pour moitié des Juifs, dont une famille avec des enfants, ainsi qu'un couple de musulmans qui a fui les enclaves sunnites. Le reste, c'est comme d'habitude des ennemis du régime : journalistes, bourgeois, homosexuels...

– Bon, bon, du moment qu'ils peuvent marcher dans la montagne.

– Oui, et tu as vu les nouvelles lois que le Triumvirat prépare ? Je pense que certains de nos amis du jour sont très pressés de se tirer d'ici.

– Ok. Préviens Amélie, elle conduira la troisième camionnette. Nous partirons dans une heure. Tu as prévenu nos contacts en Allemagne ?

– Oui, oui, ils attendront de l'autre côté, avec des vans.

– Très bien, je vais préparer les véhicules, l'équipement et un gilet jaune pour chacun. »

Quelques années plus tôt, on pouvait facilement atteindre, depuis le village français de Lembach, le village jumeau de Schœnau, mais la route était désormais fermée et surveillée.

Ils avaient ensuite plusieurs fois franchi la frontière, au travers des bois touffus qui s'étendaient au pied de l'impressionnant piton rocheux, sur lequel se dressaient les ruines du château fort de Fleckenstein.

Un mur de barbelés et de capteurs partageait désormais la forêt le long de la frontière. Depuis quelques semaines, en étudiant de vieilles cartes de l'IGN, ils avaient heureusement retrouvé la trace d'un sentier qui menait en moins d'une heure de marche jusqu'à la frontière, via les ruines du château de Froensbourg.

Ça irait encore au moins pour cette fois, mais les possibilités de sortir de France par ce coin-là s'amenuisaient.

Quelques minutes plus tard, les voitures se garaient devant la vieille ferme.

« Maxime, on a un problème, l'interpella Fred. Il y a au moins dix enfants dans les voitures, ils étaient serrés comme des sardines, là-dedans.

– Ils ont quel âge ? Ils peuvent marcher ?

– Le plus petit a trois ans, la plus grande douze. Il y a aussi quelques adolescents. Ça peut marcher mais ils vont probablement ralentir le groupe. Et ils pensent qu'ils ont été repérés par la milice à Haguenau.

– Merde. Bon, on se prépare et on y va. »

*

Interlude : Samuel

Paris, 16e arrondissement

Sur le pas de sa loge, contiguë à son petit appartement, la concierge le regardait bizarrement, une fois de plus. Elle tenait son courrier à la main.

« Bonjour Madame Ramirez, vous allez bien ? Tout se passe bien dans l'immeuble ?

– Vous avez du courrier, monsieur A-Pfel-Baum, lui répondit-elle en égrenant son nom et en lui tendant trois enveloppes, mal refermées.

– Euh, merci. Et le courrier est arrivé comme ça ?

– Les temps ont changé, monsieur A-Pfel-Baum, vous savez.

– Je vous demande pardon ?

– Le temps des bourgeois méprisants, c'est fini. On ne peut plus regarder les petites gens de haut, aujourd'hui.

– En effet, et c'est une bonne chose. C'est vrai que ces inégalités, c'était vraiment insupportable. Même si les temps sont un peu plus durs.

– Pas pour tout le monde, visiblement.

– Certes, il reste sûrement des profiteurs.

– Et vous connaissez ça, le profit, hein, monsieur A-Pfel-Baum !

– Écoutez, je crois voir ce à quoi vous faites allusion. J'ai en effet exercé comme avocat d'affaires il y a quelques années, et je connaissais en effet les rouages de ce monde-là. Mais comme vous le savez, il n'y en a plus beaucoup, d'affaires, de nos jours.

– Mouais, on dit ça, mais les gens comme vous, ça a toujours un petit magot planqué, hein !

– Bon, chère Madame Ramirez, je pense que l'on va arrêter cette conversation ici. Pouvez-vous me donner mon courrier, s'il vous plaît ?

– Le voilà. Mais faîtes attention, Monsieur A-Pfel-Baum. Je vais devoir vous signaler.

– Pardon ? Mais signaler quoi ?

– Votre journal, là, vous savez qu'il est interdit... »

Samuel regarda son courrier. D'une grande enveloppe en papier Kraft sans inscription entr'ouverte, émergeait son exemplaire, formellement interdit, du magazine Le Point. »

« Papa ? les interrompit une pré-adolescente très pâle qui venait d'entrer dans le hall de l'immeuble sans que personne ne s'en aperçoive.

– Ah ! Esther ! Tu rentres tôt du collège aujourd'hui, tout va bien ?

– Papa, Raphaël a eu un problème à l'école... »

Chapitre 3. Irritations

« Tout péché est le résultat d'une collaboration. »
Stephen Crane

Franck Rollo

Paris, Place Beauvau

Franck Rollo reposa le Sig Sauer – il adorait le bruit lourd du métal sur le verre de son grand bureau – se leva et passa dans un bureau adjacent du ministère. Une dizaine de hauts fonctionnaires, vêtus de leur gilet jaune, l'y attendaient pour leur point quotidien.

Il était toujours marrant de constater combien l'appareil d'État français s'était rapidement mis au service du nouveau pouvoir. Tous ces énarques, ces directeurs d'administrations, ces petits chefs de services s'étaient empressés de faire allégeance et de s'acheter un gilet fluorescent. Se vautrant sans vergogne dans la compromission pour sauver leur carrière et leur retraite. Tout compte fait, la véritable tutelle pesant sur ces petits gris n'était exercée ni par le pouvoir politique, ni par les administrés, mais bien par leurs administrations tentaculaires, qu'il fallait à tout prix continuer à entretenir, comme une locomotive à vapeur qui réclamait ses pelletées de charbon.

Mais il s'égarait (Zemmour lui avait aussi vaguement parlé de Zola) et était un peu injuste. Dans les nouvelles fonctions qui étaient les siennes, cette bureaucratie de flics somme toute relativement efficaces lui était aujourd'hui très utile. Ce qui ne l'empêchait pas de continuer à les mépriser.

« Citoyens (il se força à les appeler par le titre officiel, alors que "bande d'enculés" lui venait plus spontanément à l'esprit »), quoi de neuf sur les routes ? »

« Monsieur le Ministre, commença un petit gris, ancien de la DDE du Lot à qui il échappait visiblement qu'on avait changé de régime, nous avons plutôt de bonnes nouvelles du côté de la mise en conformité des automobilistes ».

– Qu'est-ce que tu racontes, connard ? Un des principes fondamentaux de notre politique est justement la liberté totale des automobilistes. Tu as peut-être oublié les origines de la Révolution, face de fion ? »

Franck Rollo ne voyait pas l'intérêt de se priver du plaisir d'être vulgaire, et encore moins devant ces méprisables petits fonctionnaires opportunistes.

« Face de fion » blêmit mais, se ressaisissant, prit son courage à deux mains et continua son exposé.

« Excusez-moi, grand Citoyen (il progressait rapidement, sans doute sous l'effet de la peur), je me suis mal exprimé. Le programme routier du Triumvirat est depuis longtemps parfaitement exécuté : comme vous le savez, l'inscription de l'interdiction des radars routiers dans la Nouvelle Constitution a été promptement réalisée. Même si cela a surtout été symbolique, car il ne restait plus de radars en état de fonctionnement à interdire. Par ailleurs, la suppression généralisée des limitations de vitesse, qui avait un temps eu notre préférence, a été remplacée par une limitation élargie permettant aux automobilistes de continuer à râler, tout en reconnaissant les efforts consentis par le Triumvirat. Nous avons donc fixé une vitesse limite de 180 Km/h sur les autoroutes, de 130 km/h sur les nationales et les départementales et de 80 km/h en ville.

– Et alors, ils en pensent quoi, dans les Territoires ?

– Je suis heureux de vous confirmer que cette mesure de renforcement des libertés est très populaire chez nos compatriotes citoyens. En particulier, la possibilité de pouvoir enfin accélérer en ville et de circuler librement sur les voies semi-piétonnes a été très appréciée. La hausse de la mortalité est parfaitement perçue comme le prix de la liberté. Et puis, nous n'avons plus vraiment les moyens d'établir des statistiques fiables, ce qui permet d'afficher une hausse tout à fait modérée. De toute façon, les chiffres de l'ancien régime macroniste (le bureaucrate insista par une grimace forcée sur le dégoût que lui inspirait l'ordre ancien), quand ils ont baissé la vitesse à 80 km/h, reposaient également sur un tissu de mensonges, n'est-ce pas ? Et on ne fait pas d'omelettes sans casser quelques œufs, me semble-t-il.

– OK, suce-boules, mais c'est quoi ton histoire de mise en conformité, alors ?

– Ah oui, monsieur le ministre, heu, monsieur le Grand Citoyen, bafouilla Face de fion, je voulais parler du contrôle automatique, à quasiment chaque Rond-Point Citoyen, de la présence d'un gilet jaune derrière le pare-brise de chaque véhicule circulant sur le territoire. Comme ça, aucun conducteur récalcitrant ne pourra plus emprunter aucune de nos routes sans être interpellé et interrogé.

Franck Rollo fit mine de se détendre.

– Très bien, ça, et on en attrape beaucoup comme ça, des mauvais Français ?

– Un grand nombre en effet, certains pensent encore que la voiture est un espace bourgeois de liberté individuelle et non l'instrument de l'émancipation du Peuple de France.

– Très bien, et le Peuple, il se tient comment, justement ? Il paraît que vous arrêtez des enfants, maintenant ? jeta-t-il négligemment, en s'adressant à un des directeurs en charge de la Sécurité Intérieure, un type sans âge au physique de fouine qui avait auparavant appartenu, ce qui était étonnant vu sa maigre constitution, au service d'ordre du FN. Plus qu'une fouine, une taupe d'Olivier Brelle, donc. Rollo ne pouvait pas l'encadrer.

– Je vous demande pardon, Monsieur le Grand Citoyen ? Ah oui, je vois à quelle affaire vous faites référence. Il s'agit d'un garçon de quatorze ans qui, probablement téléguidé par des parents opposés à notre action, a chanté dans la cour de récréation de son collège du 16e arrondissement de Paris une chanson insultante pour nos fiers Gilets Jaunes. Nous l'avons fait arrêter pour interrogatoire, afin surtout de déterminer s'il y avait une filière derrière. Quelques familles de privilégiés ont râlé, « on ne touche pas aux enfants, tout ça », c'est même remonté aux députés catholiques. Mais ces pèlerins-là se sont immédiatement calmés quand il s'est avéré que le jeune garçon était d'origine juive.

– Ah oui ? Du pain béni pour Brelle, cette histoire. Et c'était quoi cette chanson, précisément ?

La fouine se figea, gêné, et regarda autour de lui, en quête de signes de soutien de la part d'alliés de circonstances. Alliés qu'il ne trouva évidemment pas.

– Si vous le permettez, je préfère ne pas vous donner les paroles, qui sont offensantes, mais je peux vous garantir qu'elles justifiaient l'arrestation.

– Quand je te dis de chanter, tu chantes, jeta froidement Rollo en fixant le haut fonctionnaire.

– … Eh bien, c'est une adaptation d'un ancien chant anti-marseillais des supporters du PSG, avant la fermeture administrative du club, qui, comme vous le savez, était considéré comme trop élitiste, et dont l'existence même était insultante pour les clubs des territoires de la France Périphérique, répondit l'autre en essuyant une goutte de sueur qui coulait sur sa tempe. La chanson dit à peu près ça :

Dans la boue y a des rats
Dans les égouts les rats
Ils sont partout les rats,
Ce sont les Gilets Jaunes.

– Tu vois, tu y arrives, quand tu veux.

– Ils ont remplacé « Marseillais » par « Gilets Jaunes ». Le père du gamin est un ancien supporter du PSG. Nous l'avons également cuisiné. Malgré une certaine rancœur contre les Gilets Jaunes qui, prétend-il, ont saccagé sa ville et fermé son club, et bien que Juif, le gars n'a pas grand-chose à se reprocher et n'appartient pas à une filière de résistance structurée.

– N'appelle pas ça «résistance», imbécile, hurla Rollo, ce sont des bourgeois qui complotent contre le vrai peuple, dont les Gilets Jaunes sont l'avant-garde. Bon, soyons indulgents, on fait un peu peur à ces youpins, puis on les relâche, mais on les surveille. Et à la prochaine incartade, vous m'envoyez ce petit connard, sa merde de père et tout le reste de sa famille de traîtres en camp de rééducation. Et séparés, je vous prie.

– Oui, monsieur le Grand Citoyen.

– Bon, et le reste du Peuple, ça lui plait, au moins, la Fête des Rond-Points, demanda Rollo en se tournant vers le Chargé de l'Action Culturelle sur les Territoires, un olibrius qui avait, sur son CV, comme principaux faits d'armes, d'avoir été dresseur de vachettes pour Intervilles ainsi que figurant, parmi trois mille autres, à la Cinéscénie du Puy du Fou.

– C'est formidable, Grand Citoyen, lui répondit le guignol qui semblait, en comparaison des autres, beaucoup trop à son aise. La fête mensuelle des ronds-points, combinée avec l'instauration de l'apéro-saucisson offert par l'État, rencontre un franc succès auprès de nos concitoyens. Les gens viennent en masse, vêtus de leur plus beau gilet jaune ou orange. Ils sont toujours enchantés d'être réunis autour d'une bière et d'une merguez entre deux bretelles de routes nationales. Ils se font prendre en photo par des drones, c'est très bariolé, très photogénique. Il y a même des concours des plus belles photos aériennes de Gilets Jaunes sur Instagram, ça marche très fort. Comme vous le savez, nous travaillons sur ce sujet en étroite collaboration avec les services du Grand Citoyen Picard, qui est pour sa part enchanté.

Rollo se renfrogna d'un coup en entendant le nom de l'autre membre du Triumvirat.

– Mouais, et Zemmour, il en dit quoi ?

– Le Citoyen Zemmour nous apporte un soutien constant sur Facetube. Il est toutefois très occupé à son prochain livre, et à un travail de recoupement géographique entre les premiers ronds-points bloqués en novembre 2018 et les ruines de villages gaulois. Il entend ainsi prouver que les Gilets Jaunes sont des Français de pure souche, les vrais fils de la terre sacrée héritée de nos ancêtres, avec laquelle il souhaite rétablir un lien d'identité quasi-charnel.

– Ok, ok, mais ça ne finit pas par lasser, les fêtes mensuelles ?

– C'est en effet le risque. Malgré les braséros et les autodafés, il a fait un peu froid cet hiver sur les ronds-points, et l'enthousiasme est un peu retombé. Mais là, avec le printemps et les nouvelles saynètes que l'on a conçues et que je souhaite vous proposer aujourd'hui, les fêtes devraient repartir très fort. L'objectif, c'est que les Français puissent filmer et partager quelque chose de nouveau sur les réseaux sociaux ; il faut qu'il y ait du *buzz* à chaque fois, c'est un impératif !

– Ok, bouffon, crache ta valda, s'impatienta Rollo, sentant venir un début de migraine.

Bouffon ne se démonta pas et enchaîna, toujours enthousiaste.

– Comme vous le savez, avec l'aide des scénaristes du Puy du Fou, nous avions, à l'origine, beaucoup cogité sur un spectacle historique commençant chaque mois et sur chaque Rond-Point Citoyen par la décapitation symbolique d'un mannequin à l'effigie de Macron. Ça plaisait bien, mais ça a fini par lasser. Trop répétitif, trop court, trop fade. Alors on a rempli le mannequin de faux sang, qui giclait sur la foule lorsque la guillotine tombait. Les enfants ont adoré. Mais même avec la lecture de tous les chefs d'accusation, le spectacle était trop court, l'ambiance s'essoufflait trop vite.

Alors, on a pensé à rajouter des complices qui suivraient le monarque dans son châtiment, chacun avec un scénario différent, chacun avec une exécution différente. Mais toujours bon enfant. Nous avons donc aujourd'hui un banquier juif, avec un haut de forme, une redingote et tout, dont l'exécution doit rituellement être saluée d'une quenelle par la foule. On a également un homosexuel bobo du Marais qu'on sodomise avec un balai jusqu'à l'empalement total. Il faut entendre les hourras quand le balai sort par la bouche ! On sait à ce moment-là qu'on est dans le vrai, qu'on les touche au cœur. On a aussi un musulman en djellaba. D'abord on lui coupe les mains, comme ils font là-bas avec les voleurs, puis on le décapite au sabre, en représailles aux crimes de Daesh. Il y a aussi un Allemand en culotte de peau avec un brassard nazi, qui éructe contre la France, et que de braves FFI fusillent. Enfin, il y a le migrant qui arrive sur une plage de Méditerranée. Sous son gilet de sauvetage, le malin, il a déjà une ceinture d'explosifs toute prête, c'est bien manigancé. Symboliquement, on le remet dans son zodiac, qu'on rejette à la mer et on le coule avec toutes ses épouses et sa myriade de gosses. En tout cas, le spectacle tient maintenant une bonne heure et demie. Gros, gros succès, les gens adorent.

– Ok. Très bien, bon boulot, les gars. Il faut garder le rythme de la création, hein !

– Tout à fait. On pensait ajouter de nouveaux personnages : par exemple une journaliste parisienne, collabo des macronistes et déformant sciemment notre vérité, et qui serait violée par un vaillant Gilet Jaune. On pense aussi à une effigie de Sibeth Ndiaye en esclave africaine dans une reconstitution du commerce triangulaire, avec fouet et tout, ça devrait plaire à Bordeaux. Et aussi une lapidation d'Alexandre Maldini par le Peuple en Colère.

– Ah non, non, pas cette saleté de Maldini, on ne veut pas lui faire de pub, à cet emmerdeur. Mais OK pour la journalope et la créole. On pourrait aussi rajouter des intellectuels juifs, comme BHL et Finkelkraut.

– Excellente idée, Grand Citoyen, ça sera fait.

– Formidable, conclut Rollo. Bon et les racailles ? Comment ça se passe dans les cités ? La question s'adressait cette fois à un vieux type au visage gris et sans expression, assis dans un coin. Un ancien préfet d'Argenteuil qui avait offert au nouveau régime ses réseaux composés de Frères Musulmans et de nombreux grands frères contrôlant le trafic de drogue local, et donc l'ensemble de leur quartier.

– Pas de vagues pour le moment, Monsieur le Grand Citoyen (l'appellation officielle ne rentrait décidément dans la tête de personne). Nous avons un accord contractuel avec les autorités religieuses locales dans environ 650 quartiers. Ce sont généralement des salafistes, purs et durs, soutenus et financés par nos amis Saoudiens. On leur fout la paix sur leur politique de conversion systématique, voire sur l'application stricte de la Charia si ça les amuse, et ils y vivent en autarcie. Je crois comprendre que les caïds Maghrébins ont plus ou moins remis en place un système d'exploitation des populations sub-sahariennes, mais on n'est sûr de rien à propos de ce qui se passe là-bas.

À vrai dire, on n'a pas trop envie de savoir. Ce qui est positif, c'est que, globalement, ils nous foutent la paix et qu'ils ne nous coûtent rien, ni en éducation ni en maintien de l'ordre. D'ailleurs, vous noterez que nous n'avons eu aucun attentat depuis cinq ans maintenant.

– Ouais, mais la vérité, c'est qu'on a lâché des morceaux de la France à ces enfoirés de fondamentalistes...

– ... que nous n'aurions jamais eu les moyens de reprendre, si je puis me permettre, Monsieur. Même au prix d'une nouvelle guerre civile, que nous aurions probablement perdue. Et il est à noter que l'existence de ces enclaves permet d'intensifier chez nous la chasse aux immigrés clandestins, qui, s'ils n'acceptent pas le régime et la condition de quasi-esclave qui les y attend, n'ont nulle part où se planquer, vu qu'ils sont immédiatement dénoncés par les bons Français. De fait, les flux d'immigrés clandestins vers la France sont désormais quasiment taris. Je ne sais pas si l'on peut considérer cela comme une victoire, ajouta-t-il, mais il semblerait bien que plus personne dans le monde ne veuille venir chez nous.

– Arrêtez, même les Afghans ?

– Même les Afghans. Depuis qu'on a fermé le tunnel sous la Manche et les liaisons maritimes avec les Anglais, ils nous font la fleur de passer par la Belgique.

– Et les crevards habituels ? Les Albanais, les Roms, les Somaliens ?

– Je crois qu'ils ont compris le message, Monsieur, que la France, dans sa grande générosité, ne pouvait accueillir toute la misère du monde. Par ailleurs, si l'immigration clandestine a été jugulée, l'immigration légale est également devenue un concept périmé.

En effet, avec la remise en cause du droit du sol et du regroupement familial, décrétée par nos amis du Front National, nous n'accordons plus la nationalité française à personne, ni par la naissance ni par le mariage. Par ailleurs, les permis de séjour sont attribués au compte-goutte, limités à un an et renouvelables à notre entière discrétion, ce qui nous permet d'avoir un fichier très précis de tous les étrangers présents sur le territoire, classés par origine et religion, soit 812 individus à ce jour selon mon recensement.

En dehors des 650 banlieues, bien sûr, où, si vous me permettez l'expression, c'est la jungle.

Franck Rollo sentait la migraine s'accentuer douloureusement et conquérir toutes les régions de son crâne. C'était souvent le cas quand les phrases de ses interlocuteurs étaient trop longues. Et ces conseillers étaient vraiment bavards, aujourd'hui. Il se reprit :

– Ok, ok, bon boulot. Ça va plaire aux frontistes, tout ça. Et les religieux ?

Le chargé des communautés et des religions, un type sans âge et débraillé, les cheveux en aile de corbeau et le regard torve, qui n'aurait pas dépareillé dans un film sur l'Occupation, sortit ses notes.

– L'interdiction de la pratique du culte musulman et des rites juifs est globalement respectée. Pour les musulmans, le problème était relativement simple à régler. D'une part, leur apparence musulmane, comme le disait à juste titre Sarko, peut se vérifier à leur faciès. D'autre part, on peut les renvoyer du territoire, soit directement chez eux par charter, soit dans les enclaves. Je peux vous assurer que, placés devant l'alternative, la plupart choisissent le charter. Même sans jus de tomate, ni mélange salé.

Plusieurs participants à la réunion s'esclaffèrent à la boutade.

– En revanche, pour les Juifs, c'est plus compliqué. Comme vous le savez, ce sont des parasites hors sol, sans attaches, qui s'assimilent physiquement aux populations locales. Nous arrivons donc au bout de notre fichier de recensement, dont la constitution a été facilitée par le recoupement des états-civils (les Juifs vivent généralement dans les grandes villes) et des fichiers d'entreprises (ils ont des professions telles que banquiers, avocats et commerçants, qui nécessitent, c'est fort utile, d'être enregistrés quelque part). Ensuite, nos amis de Facetube Global Analytics disposent de tous les logiciels permettant d'identifier les communautés sur leur plate-forme : nous leur envoyons nos critères de recherches et ils font les recherches avant de nous passer les résultats. Par ailleurs, nous avons complété nos fichiers en exigeant des boucheries casher qu'elles nous fournissent le nom de leurs clients, avec comme prétexte la lutte contre les violences faites aux animaux. »

Malgré le mal de crâne, Franck Rollo ronronna de satisfaction, les choses avançaient bien. Il leva la réunion :

« Citoyens, je vous remercie. Je vous laisse, j'ai rendez-vous chez le Président pour le point sur la sécurité extérieure ».

Les conseillers se regardèrent, sourire en coin. Les prérogatives du Grand Citoyen Rollo comprenaient évidemment la sécurité extérieure, sur laquelle il avait un pouvoir quasi-discrétionnaire. Toutefois, sous la pression de quelques députés citoyens vaguement légalistes, l'usage était demeuré d'impliquer le Président de la République sur ces questions, même si ce dernier n'avait aucun pouvoir réel. Et qu'il sucrait les fraises depuis longtemps.

*

« Où peut-on être mieux qu'au sein d'une famille ? Partout ailleurs ! »
Hervé Bazin

Olivier Brelle

Parfois, rarement, mais parfois quand même, Marine lui manquait.

Certes, quand elle était encore la chef du Front, elle ne comprenait pas beaucoup mieux que lui toutes ces questions économiques, qui l'avaient toujours profondément emmerdée. Qu'est-ce qu'elle avait pu s'emmêler les pinceaux sur la sortie de l'Euro en 2017, avec cette invraisemblable idée de coexistence d'une nouvelle monnaie nationale avec la monnaie commune européenne… Et quand cette conne avait mélangé ses fiches et confondu SFR et Alstom face à Macron, celui-ci l'avait impeccablement mouchée : « Vous êtes en train de lire une fiche, qui ne correspond pas aux dossiers que vous avez cités. C'est triste pour vous, ça montre votre impréparation à nos concitoyens ».

Le scud à 10 % des voix. Passé les élections, on en avait même bien rigolé, en interne.

Pendant le débat de 2017, il se disait sur Facetube que débattre avec Marine Le Pen, c'était comme jouer aux échecs avec un pigeon. À un moment, le volatile va balayer les pièces, chier sur l'échiquier et se pavaner en braillant qu'il a gagné la partie.

Et effectivement, au moment où Marine était mise en défaut et prise en flagrant délit d'incompétence, elle se mettait à gueuler d'autant plus fort, afin de faire diversion. Toute honte bue. Il fallait lui reconnaître, comme d'ailleurs à son père, qu'elle ne se laissait pas facilement abattre, et rebondissait inéluctablement.

Sacrée Marine. Quand tout était parti en cacahuète dans le pays, que les émeutes avaient mis Macron et l'ancien régime à terre, elle avait bien tenté de récupérer le bordel et de se faire élire présidente. « Puisque nous ne comprenons rien aux évènements, feignons d'en être les organisateurs », aimait-elle à dire, citant sans le savoir Cocteau, tout en l'écorchant. De fait, le Rassemblement National avait été le premier bénéficiaire des évènements, et s'était avéré la seule formation politique à peu près opérationnelle.

Ça avait failli marcher. Mais elle avait été rattrapée par son principal défaut : la rancune, qui était d'ailleurs atavique dans la famille. Au lieu de rassembler ses amis, anciens et actuels, elle avait persévéré dans sa mise à l'index de Florian Philippot, qui prenait un malin plaisir à la critiquer vertement. Le traître avait surtout commis le crime de lèse-majesté de rendre public le pognon que la famille avait planqué dans des paradis fiscaux au moment des troubles. Pas vraiment la meilleure façon pour les Le Pen d'inspirer la confiance aux sans-culottes des ronds-points... Alors que, nantie de pouvoirs de police spéciaux par le Gouvernement Provisoire de 2020, elle s'apprêtait à lancer une procédure d'arrestation sous un prétexte fallacieux, Florian Philippot avait actionné sa dernière vengeance.

L'assassinat de Marine Le Pen, perpétré par un fidèle Philippotiste, qui était resté au Front en sous-marin, avait pris tout le monde par surprise. Lorsqu'on s'était rendu compte que l'harissa du couscous, que « la cheffe » avait dégusté ce soir-là avec un délicieux (quoique râpeux) Boulaouane, contenait une dose fatale de bromure, il était trop tard pour espérer la sauver. Mise en alerte, la milice du FN avait trouvé Florian Philippot chez lui. Il n'avait ni fui, ni essayé de se disculper. Savourant sa vengeance jusqu'au bout, il souriait encore quand on l'avait pendu. Ces représailles expéditives n'avaient toutefois pas ramené la patronne.

Quant à l'autre blonde, Marion, sa carrière politique avait toujours reposé sur un vaste enfumage idéologique. En quoi consistait concrètement sa pseudo-ligne libérale-catholique ? Nul ne le savait, à commencer par elle-même. Mais aussi géographique : la petite bourgeoisie commerçante du Vaucluse et des Alpes-Maritimes était-elle une base crédible pour la conquête d'un pays ? Il était permis d'en douter. Ses méthodes pour accéder au pouvoir : retrait délibéré, fondation d'une école foireuse, prises de parole elliptiques ou stratosphériques, laissaient songeur sur sa réelle substance politique. Puis, quand les troubles avaient éclaté, qu'un boulevard s'était ouvert devant elle et qu'elle s'était carapatée en Italie, le rideau de fumée s'était dissipé : la nièce n'avait simplement pas la carrure pour perpétuer la plus vieille dynastie populiste d'Europe. Éprouvant une sacro-sainte trouille des gauchistes et des insurrections, la petite fille chérie du Menhir avait eu la lucidité de comprendre qu'elle ne ferait jamais assez prolo pour s'entendre avec des gauchos rejouant octobre 1917 et que, par ailleurs, elle vomissait.

Après quelque temps passé en Italie, où un Salvini triomphant ne lui laissait que peu de place, elle avait choisi l'exil aux États-Unis. Grâce à quelques interventions remarquées, où son délicieux accent français et des formules-chocs, qu'elle n'avait pas écrites elle-même, avaient fait fureur, elle était devenue la coqueluche et l'ambassadrice internationale de l'alt-right américaine. Même là-bas, on convenait qu'elle présentait mieux que Steve Bannon, dont les années n'avaient pas arrangé la repoussante apparence. Telle un Tony Blair réactionnaire, Marion Maréchal-Le Pen courait désormais les conférences populistes du monde entier, qui payaient au demeurant très bien. Loin des ploucs en fluo, elle avait désormais comme terrain de jeu une planète vérolée par les régimes populistes. Lorsqu'elle parlait français, ce qui, après quelques années d'exil était devenu rare, elle avait désormais ce drôle d'accent vaguement anglais qu'ont certains expatriés, partis de France depuis trop longtemps. Devenue une rock star auprès des *rednecks* trumpistes du Midwest, elle en était maintenant à son troisième mariage. Avec, aux dernières nouvelles, un milliardaire septuagénaire membre actif de la NRA qui lui avait offert une vie de baronne floridienne.

Bon vent.

Peut-être affecté par ces pénibles évènements et surtout anéanti par la disparition du leg familial, le vieux Le Pen avait fini par passer l'arme à gauche, à 101 ans. En hommage à leur fondateur, les frontistes avaient organisé des funérailles nationales, ouvertes à tous les bons citoyens français, en l'Église Saint-Nicolas-du-Chardonnay. Notre-Dame n'avait finalement jamais été rebâtie, faute de milliardaires pour en financer la reconstruction.

L'organisation des funérailles devait permettre d'écrire un bel épilogue à la biographie du plus grand anti-héros national, décédé alors que presque toutes ses intuitions se réalisaient. L'incontournable Zemmour, tout dédié qu'il était à la réécriture du Roman National, avait même été sollicité pour la rédaction de l'éloge funèbre du Menhir.

On envisagea de distribuer la biographie du grand patriote dans toutes les écoles de France.

Las, la fête et l'hommage avaient tourné court. Ameutés sur les réseaux sociaux, des groupes de casseurs d'ultra-gauche s'étaient invités pendant la cérémonie des obsèques et avaient commencé à foutre le bordel et à tout bousiller dans l'église. Les vieux briscards du Front, bardés de médailles factices, s'étaient égayés comme des moineaux pendant que les casseurs faisaient un grand feu de joie au milieu de la nef, brisaient les vitraux, urinaient dans les prie-Dieu et se battaient dans l'église avec un service d'ordre du FN débordé. Les funérailles de Jean-Marie Le Pen avaient été un fiasco lamentable, sans grandeur ni dignité. En même temps, s'était benoîtement demandé Olivier Brelle alors qu'il était évacué par ses gardes du corps vers une voiture sécurisée, le vieux salopard méritait-il vraiment beaucoup mieux ?

À la fin de ce processus d'éradication de tout ce qui ressemblait de près ou de loin à un Le Pen, et parmi le ramassis de beaufs incompétents qui constituaient l'appareil du Front National (un mouvement politique décapité, mais qui était alors paradoxalement aux commandes du pays), il n'était finalement resté que lui, Olivier Brelle, de suffisamment structuré pour reprendre la barre et, dans le chaos ambiant, ramasser le pouvoir comme un fruit trop mûr.

*

« Sous le capitalisme, les gens ont davantage de voitures. Sous le socialisme, les gens ont davantage de parkings ».
Winston Churchill

Xavier Picard

Marseille

Avant même la Révolution de 2019, Marseille était une ville sale, corrompue et globalement fâchée avec le travail. Sous l'impact de l'effondrement de l'activité économique et du tourisme, les choses ne s'étaient pas arrangées – comment l'auraient-elles pu ? Les problèmes d'insalubrité et de délinquance, autrefois cantonnés à quelques quartiers, avaient transformé la ville en une immense décharge où sévissaient groupuscules islamistes, gangs et milices d'extrême-droite apparentées au Front National. Dans la voiture blindée descendant le Boulevard d'Athènes, avant d'emprunter le cours Lieutaud, Xavier Picard regardait, la fenêtre ouverte, défiler les devantures taguées de magasins pour la plupart condamnés. 39 degrés en avril ça restait élevé, même pour Marseille. Les bobos avaient peut-être eu raison, avec leur histoire de réchauffement climatique. Les rues brûlantes et puant l'urine étaient occupées par des grappes de jeunes hommes – les femmes n'osaient plus sortir depuis longtemps – désœuvrés, souvent armés, dealant ou attendant un quidam à dépouiller.

Xavier Picard était indiscutablement plus à l'aise avec les populations des petites et moyennes villes désindustrialisées de son Oise natale, qu'avec la décharge urbaine qui défilait sous ses yeux. Faisant un effort sur lui-même, il parvenait à se convaincre que le Peuple, sauvage, indiscipliné et finalement beau, prenait dans le Sud, et à Marseille en particulier, cette apparence canaille. Une vraie ville de Morlocks, populaire et éruptive.

Il comprenait pourquoi Mélenchon avait, en vain, essayé de la dompter pour en faire la base arrière de sa minable entreprise de conquête du pouvoir. Toutefois, en matière de bruit et de fureur, c'était surtout la crasse et la paresse qui régnaient ici. En parcourant ces rues écrasées de soleil, il comprenait également mieux pourquoi le tribun déchu y avait échoué.

Empruntant l'avenue du Prado, autrefois si cossue, il se réjouit à la vue des façades brisées et noircies. Les immeubles élégants, qui accueillaient autrefois sièges sociaux et banques, avaient été désertés et leurs entrées condamnées par des plaques de contreplaqué. Comme à peu près partout en France, les quartiers d'affaires de Marseille n'avaient pas été épargnés par la dégradation systématique des symboles de l'oppression capitaliste.

Tout à coup, surpris par un bruit inattendu, Xavier Picard se crispa. Son véhicule venait de se faire doubler en trombe par une Porsche Cayenne aux vitres fumées, qui alla se garer dans le parking privé d'un restaurant visiblement haut de gamme. En sortirent deux hommes blancs, baraqués et tatoués, sanglés dans des costumes italiens parfaitement cintrés. Xavier Picard se pencha vers son chauffeur, un jeune fonctionnaire qu'il avait entendu parler dans sa radio et dont le fort accent indiquait qu'il était du coin.

« Tu as vu ces deux-là, dans la Porsche, devant le restaurant ? Rassure-moi, citoyen, ce sont des mafieux ? Corses ? Italiens ? Serbes ?

– Euh, non, monsieur le grand Citoyen, y a plus vraiment de mafia ici. Le grand banditisme a déserté Marseille, trop sale et trop bordélique à gérer. Les Corses sont rentrés chez eux et les Italiens préfèrent désormais se focaliser sur Nice et Cannes, où ils peuvent trouver une clientèle russe fortunée. Ici, ils ont laissé le terrain aux petites frappes des quartiers Nord et à des barons locaux.

– Bon d'accord, mais alors, c'est qui ces zouaves endimanchés ?

– Ah, ça, vu le restaurant, ce sont les barons locaux dont je vous parlais. Probablement des entrepreneurs, probablement dans la promotion immobilière et probablement affiliés au Front National. Ça marche pas mal ici, l'immobilier. La ville est tellement en ruines que dans certains quartiers, certains se sont fait une spécialité de racheter pour une bouchée de pain, à la municipalité, des immeubles déclarés insalubres. Avant de les retaper pour pas cher.

– Ah bon ? Et ils louent ensuite aux travailleurs ?

– Ils pourraient faire marchands de sommeil mais ce n'est pas ce qui rapporte le plus. Ils préfèrent revendre à la découpe. Ça marche très bien, il y a toujours une petite clientèle friquée pour ça, qui se dit qu'il y aura une culbute à se faire, le jour où la France sera remise sur le droit chemin.

– Qu'est-ce que tu veux dire, exactement, citoyen ?

Le chauffeur blêmit.

– Excusez-moi, grand Citoyen, la France est indiscutablement stabilisée et désormais remise sur le chemin de la justice sociale, grâce à vos efforts. Ce que je veux dire, c'est que les troubles passés ont pu faire baisser les prix de l'immobilier, ce qui permet à de sinistres profiteurs d'essayer de faire de bonnes affaires sur le dos du Peuple.

– D'accord, d'accord. Fais quand même attention à tes propos, citoyen. »

Ainsi, même ici, dans le chaos de la ville la plus pauvre et la plus délabrée de France, il restait encore des individus qui s'enrichissaient et se permettaient un comportement digne de l'ancien monde. Des promoteurs immobiliers, qui plus est, qui s'engraissaient sur le dos des pauvres. Ça le rendait toujours malade, de réaliser que malgré tous ses efforts pour purger le pays de ses privilégiés, subsistaient des poches de richesse et d'arrogance. Il avait beau faire interdire certaines professions, imposer des salaires maximaux, taxer tout ce qui pouvait l'être afin de niveler les revenus, la jungle libérale repoussait comme une mauvaise herbe, dans chaque angle mort de son remarquable ouvrage d'ingénierie sociale.

Cette résurgence était bien aidée par l'explosion du marché noir. Parmi les petits commerçants protégés par le Front National, certains, il le savait et en enrageait, prospéraient grâce au trafic de produits échangés sous le manteau. D'autres, spéculateurs financiers à la petite semaine, faisaient de l'argent en échangeant, en toute illégalité et à des taux de change gonflés, des euros et des dollars, devises impérialistes pourtant interdites d'usage sur le territoire de la République Citoyenne.

La clientèle de ces truands était composée de petits bourgeois qui essayaient ainsi de se protéger de l'hyperinflation. Spéculant de fait contre le Nouveau Franc Citoyen, ils se comportaient comme des ennemis du Peuple. Au sein des professions libérales – il n'avait pas réussi, malgré ses efforts, à faire changer dans le langage courant cette abominable appellation – on trouvait des médecins, des avocats et des notaires disposant, qui d'une charge, qui d'un petit pécule, et de ce fait d'un confort de vie inaccessible au Peuple. Dans un réflexe pavlovien antisocial, ceux-là comptaient bien transmettre ces privilèges à leur progéniture parasite, qui n'avait rien fait pour les mériter, si ce n'est naître au bon endroit. Dans la même veine, il existait encore des retraités, enrichis sous l'ancien monde capitaliste, qui tentaient d'échapper à leur contribution à l'impératif de Justice Sociale, en privilégiant leurs héritiers, plutôt que les pauvres. Perpétuant par là même la reproduction sociale.

Mais ce qui l'écœurait le plus, c'était la perpétuation larvée des élites intellectuelles et de leurs privilèges. Ainsi, des enseignants, des scientifiques, des ingénieurs, des artistes, qui ne disposaient certes pas du même patrimoine que les commerçants et les retraités, tentaient de pérenniser leur caste et de transmettre à leurs enfants des connaissances, un réseau, un langage et un savoir-être qui leur conféraient un avantage immense et indu sur les enfants des classes populaires.

Au bout du compte, et ça le rendait malade, faute de parvenir d'une façon ou d'une autre à taxer le capital culturel bourdieusien, ces enfants-là n'auraient pas à produire le même travail que les plus pauvres, condamnés à redoubler d'efforts. Les portes du monde, de la réussite et de l'argent s'ouvriraient d'elles-mêmes devant ces paresseux à lunettes. Insupportable.

Sauf que lui, Xavier Picard, veillait. Il ne laisserait pas revenir l'Ancien Monde : il accomplirait le Nouveau. Pour cela, il convenait de savoir les reconnaitre et les traquer, ces riches et ces biens nés. Et cela, c'était un domaine dans lequel il excellait. Il savait comme personne traquer les signes extérieurs de richesse suspects, flairer le vrai prix des vêtements, celui des voitures ou des destinations de vacances. Au fil des années, il avait même appris à les reconnaitre à l'instinct, ces petits bourgeois qui planquaient pathétiquement leur cher pognon et arboraient des Gilets Jaunes soit trop neufs pour être honnêtes, soit manifestement élimés aux mauvais endroits. Mais ça, ça n'était que la surface des choses.

La vraie entreprise d'ingénierie sociale qu'il avait en tête requérait de s'immerger plus profondément dans le monde caché des privilégiés. Pour ce faire, il s'était plongé avec délectation dans les nombreux ouvrages des Pinçon-Charlot, ce célèbre couple de sociologues, qui détaillaient minutieusement, et avouons-le avec une haine scrupuleuse, tenace et finalement remarquable, les lieux, les modes et les comportements des riches.

Traquer les riches, c'était le fondement de toute sa ligne politique et de tout son engagement. Mais ce combat requérait également une mise en œuvre de longue haleine, structurée et méthodique.

Pour débuter, il convenait, en suivant les pas des Pinçon-Charlot, de connaître leurs lieux de résidence dans chaque ville de France. On ne devait pas se limiter aux plus évidents, tels que Neuilly ou les 6e, 7e et 16e arrondissements de Paris.

Au début de la traque, il ne savait par exemple pas où trouver les nantis de villes bourgeoises telles qu'Angers, Strasbourg ou Annecy. Pour cela, il avait eu une idée de génie : il s'était plongé dans les vieux numéros du type « Spécial Immobilier : Est-ce le moment d'acheter ? » des hebdomadaires pour cadres supérieurs du genre Nouvel Obs. Sur ces bases, il avait établi une carte précise des prix immobiliers de chaque micro-quartier de France, la valeur des biens immobiliers n'étant finalement rien d'autre qu'une richesse sédimentée sur le dos des plus pauvres. Il avait ainsi découvert que Marnes-la-Coquette, sis à une encablure de Paris dans le Département des Hauts-de-Seine, était à l'époque de Macron, et avant que ne soit supprimée cette contribution minime à la justice sociale, la commune française avec la plus forte concentration d'assujettis à l'ISF. Avant la Révolution et l'exil de la plupart d'entre eux, les 1751 habitants de ce bourg de banlieue disposaient, ou plutôt jouissaient, d'un revenu moyen par foyer fiscal cinq fois supérieur à la moyenne nationale. Un vrai ghetto de riches, et surtout un vrai pot de confiture. Avec la même méthode, il était parvenu à détecter l'existence de dizaines d'autres bourgades, certes plus petites, mais relevant d'une logique séparatiste similaire.

Toutefois, une fois que l'on avait découvert où les riches se domiciliaient, il fallait également identifier leurs destinations de week-end, qui constituaient d'autres microbulles d'apartheid social. Telles que Montfort l'Amaury, Houdan ou Fontainebleau, là où la viande vendue par le boucher du centre-ville était devenue inaccessible à des populations locales, condamnées à la bouffe industrielle hyper-transformée et à l'hypermarché low cost du coin. Enfin, il fallait identifier leurs lieux de villégiatures – le Cap Ferret, Saint-Jean-de-Luz, le Luberon – des endroits chics où l'on ne se mélangeait pas avec les prolos qui sentent la frite et l'huile solaire bon marché. Des lieux fermés aux pauvres, où une pizza coûtait naguère plus de vingt euros et une bouteille de rosé de Provence plus de cinquante euros.

Il fallait entrer dans leur cerveau, connaître leurs codes, leurs habitudes. Grâce à l'étude de vieux guides gastronomiques, Xavier Picard avait également dressé une liste des restaurants qu'ils fréquentaient pour se retrouver et comploter contre la VIe République Citoyenne. Il avait répertorié les bonnes écoles privées où les nantis plaçaient leurs enfants à seule fin que ceux-ci ne se mélangent pas aux enfants d'ouvriers ou de banlieusards.

Mais cette approche systématique à l'échelle d'un pays lui prendrait toute une vie. Il en était conscient. Et surtout, il fallait que ce travail cartographique de fourmi serve à quelque chose.

Quelques années plus tôt, Picard avait tiré de son étude géographique une première Loi dite « Logement pour le Peuple », qui imposait, arithmétiquement et en toute logique, un impôt progressif, fabuleusement efficace, sur le patrimoine immobilier, équivalant à 50 % de la part de la valeur du bien dépassant celle des biens immobiliers des plus pauvres. Ainsi, si un logement situé par exemple dans le département périphérique et déshérité de la Creuse valait 500 euros du mètre carré, mais 3 000 euros à Toulouse et plus de 25 000 euros dans le 6e arrondissement de Paris, le Toulousain devait s'acquitter d'un impôt de 41 % sur la valeur de son immobilier et les profiteurs du 6e arrondissement de 49 %. Simplissime. Le marché de l'immobilier n'avait naturellement pas résisté à cet impôt, ce qui était dommage pour les finances publiques, mais c'était le prix à payer pour progresser vers l'égalité.

Mais cela ne suffisait pas, il lui faudrait aller plus profondément encore dans l'identification et la correction des inégalités. La dernière pierre de l'édifice imposait de reconnaitre les riches à leur apparence physique, à leurs traits et peut-être un jour, à leurs gènes. Depuis toujours, il en était convaincu : peu importe le brassage des patrimoines génétiques, la mobilité sociale et géographique, on pouvait reconnaitre les riches à leur gueule. Il avait même autrefois théorisé cette conviction dans un de ses nombreux brûlots anti-Macron. S'adressant directement à l'ancien président, il avait écrit « Votre physique lui-même m'insupporte. Vos traits bien réguliers, votre nez droit, votre peau lisse et entretenue, votre mâchoire carrée transpirent la morgue des riches et des bien nés ». Les commentateurs de l'époque, à la solde du pouvoir, y avaient vu une attaque ad hominem haineuse et un peu médiocre.

Ils avaient tout faux. À cette époque, Xavier Picard commençait déjà à théoriser l'existence d'une ségrégation physique et raciale entre riches et pauvres, résultant de la succession, sur de nombreuses générations, de comportements de reproduction sociale et de divisions entre castes de dominants et de dominés. Les Morlocks et les Eloïs, comme dans la Machine à rattraper le temps d'HG Wells, une fois encore. Après tout, c'était logique, les enfants, petits-enfants, arrières petits-enfants d'ouvriers, buvant trop, cassés génération après génération par le travail physique au service du grand capital, éloignés d'une médecine de pointe et de thérapies géniques que seuls les riches pouvaient s'offrir, finissaient inéluctablement par constituer une race d'humains à part. De leur côté, des gosses de riches bien nourris, bien soignés, faisant du sport et se reproduisant au sein même de leur groupe ethnico-social, faisaient délibérément évoluer leur patrimoine génétique afin de constituer un groupe ethnique cohérent et fermé. Les uns étaient bruns, râblés, souvent un peu méditerranéens, les mains épaisses à force de travail manuel ; les autres étaient blancs, élancés, souvent blonds aux yeux bleus. Comme cette ordure de Macron.

À nouveau ce désir fou des riches pour la blancheur et la pureté ethnique. La différence d'espérance de vie entre le peuple et les riches constituait un bon indicateur de cette divergence racialo-sociale. Certains trimaient toute leur vie dans des métiers manuels usants et crevaient entre deux et cinq ans après leur retraite, ou leur mise au rancard prématurée au travers d'un plan social. Les autres vivaient centenaires, profitant peinards d'indécentes décennies supplémentaires de vie oisive, financées non seulement par leur patrimoine et leurs rentes, mais surtout par le travail du peuple. Qui pensait trimer pour la retraite bien méritée de ses propres anciens, alors qu'il cotisait pour des parasites grabataires végétant dans leurs appartements cossus du 16e arrondissement.

Le système français de retraites avait fini par ressembler au monde décrit dans le (très mauvais) film de science-fiction Elysium, où quelques riches quasiment immortels choisiraient de s'installer dans une station spatiale paradisiaque, faisant sécession d'une terre polluée et bondée de pauvres hères malades à l'espérance de vie limitée et à l'avenir irrémédiablement bouché. Caricatural mais étonnamment bien vu. Et finalement pas très éloigné de la France de Macron de 2018, avec ses villes-citadelles remplies de bourgeois en bonne santé, fermées aux pauvres gueux de la France Périphérique.

Xavier Picard s'en étouffait de rage rien que d'y repenser. Mais les choses changeaient, grâce à ses efforts. La construction d'un monde d'égalité parfaite de ressources, de patrimoine et d'opportunités, voilà ce qui guidait l'action politique de toute une vie. Et était enfin venu le moment tant désiré où, l'immense liste d'individus suspects désormais complétée, la bataille finale contre les forces corruptrices de l'argent allait pouvoir commencer.

*

« Bonjour, ya cheese-eatin' surrender monkeys! »
(« Rendez-vous, singes mangeurs de fromage ! »)
Les Simpsons

Sergei Molotov

Paris, 7e arrondissement

« Entre ici, *Tovaritch*, entre ! »

Le premier rendez-vous de la journée de Sergei Molotov était avec Jonathan Candy, une vieille connaissance qui exerçait concomitamment le rôle de *Managing Director* France de Facetube Global Analytics et celui d'ambassadeur officieux des États-Unis auprès de la Nouvelle République Citoyenne. Depuis la première élection de Donald Trump, les États-Unis pratiquaient assidument la diplomatie parallèle, ce qui avait l'immense avantage de permettre à leurs représentants de continuer à conduire leurs affaires personnelles.

Doté d'un gabarit de 1,95 m, rigolard et débonnaire, volontairement grossier et faussement naïf (mais finalement plutôt sympathique pour un américain), Candy ne dérogeait pas à cette ambivalence bien pratique. Compagnon de route de Steve Bannon, fan de Trump depuis toujours, simple millionnaire par héritage, Jonathan Candy avait été à l'avant-poste des offensives « médiatiques » menées en Europe par les milliardaires liés à l'alt-right américaine. À partir de l'hiver 2018, la France des Gilets Jaunes, qui disposait d'un remarquable terreau antiparlementariste, raciste, antisémite et complotiste, avait d'emblée été identifiée par Jonathan Candy et ses amis comme un terrain de jeu propice à leurs ambitions. Une première cible parfaite pour jouer aux dominos avec l'Europe, sous la bénédiction du Président Trump.

Aujourd'hui, Candy était devenu un personnage important, cumulant habilement ses affaires personnelles et un rôle d'agent provocateur. Un personnage dont il convenait de se méfier, mais aussi un gros bavard, dont les confidences involontaires étaient toujours utiles à Moscou.

« Alors, comment ça se passe à la Défense, Camarade *Yankee* ? Rien de tel pour provoquer l'Américain que les vieilles expressions de l'Union Soviétique. Mais pour une fois, celui-ci semblait trop agacé pour tomber dans le panneau.

– *Bloody Hell*, ne m'en parle pas, je crois que je n'ai jamais travaillé dans un endroit pire sur terre. Et tu sais que j'ai été envoyé en émissaire à *fucking* Pyongyang par *fucking* Donald Trump lui-même pendant deux années interminables.

– Tu parles de quoi ?

– De la Défense, le quartier d'affaires des Français. Ils ont essayé de reconstituer une sorte de Manhattan avec des tours de verre et d'acier prétentieuses. Sauf qu'ils ont surtout bétonné comme des malades et oublié de planter de la verdure. L'endroit est minéral, venteux et glacial, il y reste même des tours bourrées d'amiantes, tu as l'impression d'être dans un mauvais film de science-fiction des années 1970, c'est sinistre. Et comme c'est l'enfer pour venir en voiture, mes collaborateurs doivent prendre leur *filthy* RER. Tu vis dans les beaux quartiers, toi, je suis sûr que tu n'es jamais allé dans ce *shithole*.

– Plutôt la Sibérie, *tovaritch* ! tenta à nouveau Molotov.

– *Indeed*, pire que *bloody* Pyongyang, je peux te dire.

Molotov ne put s'empêcher de dispenser à cet ignare de visiteur une petite leçon d'histoire :

– Tu sais qu'à l'époque de sa création, les Français étaient très fiers de ce quartier d'affaires. Ils y faisaient venir des architectes du monde entier, ils collaient dans les tours les sièges sociaux de leurs plus belles entreprises, et vendaient lesdites tours à des investisseurs coréens ou à des canadiens, peu importait l'origine des capitaux des gogos. Malin, même si ce n'est pas eux qui avaient inventé ça. En 2014, le fond souverain d'Angola, alors aux mains de la famille du président local, y était même venu y blanchir quelques centaines de millions d'euros. Les Français donnaient des tonnes de leçons de morale, à l'époque, mais ils n'étaient pas très regardants sur leur arrière-cour.

– *True* ! Je me souviens que vous aussi, vous aviez un promoteur russe un peu fou qui avait essayé, pendant des années, d'y construire deux tours jumelles aussi grandes que la tour Eiffel.

– Ah ah ! tu as bonne mémoire, pour le citoyen d'un pays sans Histoire. Les tours jumelles s'appelaient Hermitage. Pas très *frantsuzskiy*, comme nom ! Elles devaient effectivement faire 320 mètres et rivaliser, en hauteur, avec la tour Eiffel. C'était à l'époque, juste après la crise financière de 2008, où nous autres Russes nous battions contre les Qatari pour racheter la France par petits bouts et accessoirement, tu me pardonneras l'expression, savoir qui avait la plus grosse. Un club de foot ici, un palace-là, le pays avait tellement besoin d'argent frais qu'il était devenu un vrai Monopoly.

– *You're right*, répondit Candy, avec un brin de nostalgie dans la voix.

– Les tours Hermitage, c'était vraiment un projet spectaculaire, pharaonique à souhait, qui coûtait presque trois milliards d'euros. Le projet était d'ailleurs très soutenu à Moscou, et aussi par l'ancien président Sarkozy et son entourage. Ça grenouillait d'intermédiaires « bien placés auprès de personnes au sommet de l'État », qui nous demandaient des commissions, t'as pas idée. Avec Hermitage, les bédouins l'auraient eu dans l'os et seraient retournés traire leurs chameaux. Mais alors que nous avons réussi l'exploit d'ériger, excuse-moi du peu, une église orthodoxe au pied de la tour Eiffel, ça a bien foiré à la Défense. Une association d'occupants de vieux immeubles insalubres qu'il fallait raser, vingt gars à tout casser, ont mené une guérilla juridique qui a fait traîner le projet pendant plus de dix ans. Tu vois, Jonathan, ces Français, ils sont fous. Leur pays est quasiment en défaut de paiement et ils se permettent de cracher sur un investissement de trois milliards d'euros et sur des milliers de jobs. Puis est survenue leur invraisemblable révolution des Gilets Jaunes, qui si tu veux mon avis, n'est qu'une expression de leur propension historique au sabordage collectif. À partir de ce moment, je peux t'assurer qu'il n'était plus question à Moscou d'investir un rouble dans ce *der'movaya strana*. *Shit country*, si tu préfères.

– C'est vrai qu'ils ont toujours eu un talent rare pour saboter leur économie. Mais en termes d'endroit de merde, je te rappelle que c'est moi qui bosse à la Défense pendant que tu te prélasses dans ton palais avec vue sur la Seine. Et encore s'il y avait de la vie là-bas, des commerces, ça passerait encore. Mais non, c'est le palais des courants d'air, cette zone, les tours sont aussi vides qu'un cerveau de Gilet Jaune.

Les deux compères s'esclaffèrent de concert au bon mot de l'Américain.

– Tu exagères, Jonathan, ils sont très forts mais ils n'ont pas réussi à détruire toute leur économie.

– Eh bien, je ne sais pas pour le reste du pays, mais à la Défense, pas loin. En gros, tu y trouves le siège social de leurs deux minables constructeurs automobiles, qu'ils ont nationalisés et fusionnés. Voitures de merde, polluantes, ça me rappelle vos Lada, avant que vous ne vous mettiez aux Mercedes de gangsters. Sinon, il y a l'immeuble Total, qui fait l'intermédiaire avec la Russie pour l'approvisionnement en pétrole et le gaz. Mais leur vrai siège est maintenant chez vous à Moscou. C'est marrant, vous avez toujours été copains avec cette boîte, même si j'ai quelques doutes sur votre rôle dans la disparition de leur ancien CEO, le mec bizarre à moustache. Enfin bon, ce sont vos affaires. Il y a aussi l'immeuble de Russia Today, qui est devenu un machin énorme après l'absorption de l'AFP. C'est là d'où vous balancez votre propagande vers toute l'Europe, je crois. Et puis il y a nous, Facetube Global Analytics. C'est à peu près tout.

– Vous occupez la grande tour bleue au premier rang quand on arrive de Paris, c'est ça ? La tour First, je crois qu'elle s'appelle. Très original vraiment. Vous avez vraiment besoin d'autant d'espace ?

– Affirmatif. Comme tu le sais, nous y avons installé notre plateforme européenne de surveillance et d'orientation des réseaux sociaux. Ces débiles du Gouvernement nous ont exemptés de taxes pendant 50 ans et on ne paie aucun loyer. Ceux d'avant nous avaient même mandatés pour « modérer les contenus » en ligne.

Les deux diplomates éclatèrent de rire.

– En échange, on les tuyaute sur la Résistance, les riches, les Juifs, les Allemands, bref tous ceux qu'ils considèrent comme leurs ennemis et qu'on arrive à tracer sur Internet. Et puis aussi on pushe leur propagande sur les réseaux, leurs petites vidéos de décapitation de Macron en carton-pâte, leurs diatribes de dingues sur les profiteurs capitalistes, tout ça. C'est notre cœur de métier, et puis ça fait plaisir à nos actionnaires.

– Parce que c'est rentable, vos affaires en France ? Vous seriez bien les seuls à y gagner de l'argent. Attention à ce que le Grand Citoyen Picard ne vous fasse pas arrêter !

– Et couic, la guillotine, comme *fucking* Marie-Antoinette ! Mais je te rassure, *we aren't making a fucking cent here, buddy.*

– Alors quoi ? Il s'agit donc juste de leur maintenir la tête sous l'eau ?

– Tu commences à les aimer, tes *Frenchies*, Sergei, à ce que je vois ! ricana Jonathan Candy. C'est quand même vous, les *Ruskoffs*, qui les avez bien poussés dans la merde dans laquelle ils sont aujourd'hui.

– Tu n'as pas complètement tort, mais c'est plus complexe que cela. Tu me pardonnerais un petit cours d'histoire et de géostratégie contemporaine ?

– *Be my guest, buddy,* je sais que tu aimes ça. Mais je sens que tu vas être long, tu m'offres une vodka-Pepsi ?

– Tu vois, Jonathan, entama Molotov en servant son hôte, pour des raisons historiques, cette saleté d'Union Européenne a toujours été notre ennemi. Pendant la Guerre Froide, Moscou la voyait comme un grand machin aux mains des États-Unis, bien avant que, grâce à Trump, vous ne redeveniez bien disposés à notre égard. Puis ils se sont transformés en une sorte de confédération foireuse mais autonome, qui commençait à développer l'idée de constituer sa propre armée, même si les Allemands ont toujours été réticents. Ensuite, ils ont commencé à absorber un à un les pays de notre sphère d'influence, Pologne, République Tchèque, Hongrie, Pays Baltes, à l'époque dirigés par des pseudo-démocrates dégénérés. Pendant sa Révolution Orange, en 2004, même l'Ukraine a commencé à avoir des velléités de rapprochement avec l'Union Européenne. Et ça, comme tu peux l'imaginer, c'était une ligne rouge pour nous. Nous avons donc rétabli la situation comme il se devait.

– *Indeed !* Vous avez empoisonné leur président ! Vous adorez vraiment jouer avec le poison, au KGB !

– On appelle ce service le FSB, maintenant, Jonathan. Nous avons surtout soutenu les populations russophones persécutées par les fascistes de Kiev. Jusqu'à la guerre civile de 2013, que nous avons aidé nos amis à gagner, et qui a conduit à l'annexion de la Crimée, qui a d'ailleurs historiquement toujours été un territoire russophone.

– *Well done*, les Russkovs, c'est tellement rare de pouvoir agrandir son territoire, de nos jours. Soudain pensif, Candy apparut à Molotov sincèrement affligé par les limites induites par l'existence d'autres états souverains.

– Certes. Toutefois, les démocraties décadentes composant l'Union Européenne, et en particulier les Français, ont pris des sanctions contre nos intérêts, en représailles, étranglant notre économie, affamant notre grand peuple. Moscou a alors décidé de les punir, d'une façon ou d'une autre. À la même époque, ils ont fait les malins en Syrie, qui était depuis toujours notre chasse gardée, en soutenant les ennemis de nos alliés. Dès lors, quand nos dirigeants à Moscou ont vu l'opportunité qu'apportaient sur un plateau leurs pathétiques émeutes de Gilets Jaunes, je peux te dire qu'ils n'ont pas hésité à encourager quelques habiles *hackers* et autres *trolls* à enflammer les esprits.

– Hey Molotov, ne te moque pas de moi. Quelques *hackers* ? Nous savons très bien que vous avez depuis des années une petite armée spécialisée dans la manipulation des réseaux sociaux. Elle s'était même fait les dents pendant la campagne présidentielle de 2016 et le referendum sur le Brexit ! *Sneaky bastards* ! Mais on était déjà du même côté que vous, à cette époque.

– C'est toi qui le dis, Jonathan, tu sais que je ne peux ni confirmer ni infirmer quoi que ce soit sur nos capacités. Mais vous, c'est quoi votre intérêt dans cette affaire ? demanda ingénument le Russe.

L'américain rigola.

– Sauver le monde libre, une fois de plus, *tovaritch* !

– En faisant du *business* au passage !

– Pourquoi pas. Jonathan Candy ricana, puis changea de ton, son regard bleu métal devint fixe. Tu vois, Sergei, ça remonte à loin. Les Français nous ont publiquement chié dans les bottes quand on est intervenus en Irak en 2003. Après *bloody September 11*, tu te rends compte ? *Fucking traitors.* Ensuite, ils nous ont critiqués sur notre politique en Syrie, ces clowns sans armée, incapables de gérer leurs anciennes colonies. Ils ont aussi essayé de nous imposer des normes environnementales débiles menaçant nos intérêts industriels dans l'automobile et le charbon. Ils se sont attaqués aux paradis fiscaux qui permettaient à nos entreprises de ne pas financer leur État socialiste de merde. *Sorry*, Sergei !

– Pas de problème, Jonathan, nous ne sommes plus socialistes depuis 1991.

– Ah ? Bref, ils ont distribué des amendes et mis en place des impôts spécifiques aux grandes sociétés technologiques américaines. Tu crois que ces ingrats se souviendraient un instant des soldats américains qui sont morts en Normandie pour les libérer des nazis ? Et puis, pour Trump, c'est un peu devenu personnel, ce qui n'est pas vraiment quelque chose que tu puisses souhaiter qu'il t'arrive. D'abord, ce *son of a bitch* de Macron a léché les boules de *fucking* Obama, puis il a essayé de faire ami-ami avec le Président Trump. Avant d'aller au Congrès faire un discours le critiquant.

– Avec des alliés comme les Français, tu n'as pas besoin d'ennemis.

– *Right !* Donc, à un moment, *enough is enough*, on a ramené ces ingrats à leur état naturel de pays capitulard bouffeur de fromages, et on va les y laisser mariner des siècles. De toute façon, le business est en Asie, maintenant, plus en Europe. Et certainement pas en France, où il n'a jamais été.

– Pas de plan Marshall pour la France, cette fois ?

– *Fuck them all*, oui ! Et si vous voulez envahir ces connards en plus d'y installer vos villas, *be my guest*, on n'est plus en 1944, on ne bougera pas un petit doigt ! »

Molotov sourit *in petto*. Cette dernière phrase du bruyant Américain n'était pas tombée dans l'oreille d'un sourd.

*

« Ils ont fait de toi une victime (...). Ils ont fait de toi une statistique. Mais ce n'est pas ce que tu es en réalité, pas ce que tu es à l'intérieur. »
Alan Moore

Maxime Lebreton

Quelque part dans les Vosges

« Vous êtes Maxime Lebreton, l'ancien ministre, c'est ça ? Je suis Florent », l'interpella au moment de monter dans la camionnette un des réfugiés, un homme émacié et grisonnant d'une cinquantaine d'années.

« Bonjour Florent. Oui, c'est bien moi. Toutefois, quand vous serez en sécurité en Allemagne, je vous demanderai de garder confidentielle l'identité des personnes et l'organisation de l'armée des ombres qui vous ont fait sortir d'ici.

– Euh, bien sûr comptez sur moi. Mais vous savez, c'est bien ce que vous faîtes. Très courageux.

– Écoutez, Fabien...

– Florent.

– Oui, Florent. Tiens, montez à mes côtés, on a un peu de route, sur le chemin vers la liberté. Nous deviserons sur ce qu'est le courage tout en roulant.

Un peu interloqué, l'homme s'installa sur le siège passager. Lebreton passa un gilet jaune élimé, monta dans la voiture et mit le contact. Quelques instants plus tard, c'est un petit convoi qui s'ébrouait sur le chemin de montagne, bordé de pins humides et sombres.

– Vous voyez, il n'y a rien de courageux dans mon action. Je ne fais que mon devoir, je ne suis qu'un rouage d'un dessein plus grand, qui dépasse ma modeste personne.

– Ah. Eh bien, bravo quand même.

– Et vous, François, qu'est-ce qui amène à tenter de fuir le territoire français ? Avez-vous eu des paroles, ou des engagements, en faveur de notre cause, ou de notre mouvement ?

– C'est toujours Florent. Oh ! Moi, vous savez, j'ai juste une triple tare, aux yeux de ces fous furieux. Avant la chute de Macron, je travaillais dans la Finance. Pas méchant, hein, je faisais du financement immobilier dans une banque allemande, qui prêtait à des fonds de pension ou des compagnies d'assurances qui achetaient des immeubles de bureaux. Pour placer l'épargne des gens, vous voyez, pas pour financer des promoteurs immobiliers ou des fonds vautours. J'étais correctement payé, certes, mais je bossais dur et je n'ai jamais viré personne.

– Pas la peine de vous justifier avec moi. Chez nous, on n'a jamais jeté d'absurdes anathèmes sur la Finance, qui est la source de toutes les rivières qui irriguent l'économie et la société. En plus, en tant qu'ancien ministre du Logement, je sais bien que l'immobilier créait pas mal d'emplois, à l'époque, et qu'il fallait bien qu'il y ait des investisseurs et des banquiers pour le faire tourner.

– Eh bien, ça fait longtemps que je n'ai pas entendu un tel discours.

– Vous savez, l'argent n'est ni bon ni mauvais. Il est ce qu'en font les hommes. Il n'y a que ceux qui ne comprennent pas cela, par dévoiement ou par bêtise, qui vouent l'Économie et la Finance aux gémonies. Cette vérité, que les Français ont toujours eu du mal à comprendre, était au cœur du message d'Emmanuel.

– Ah ah ! Vous êtes vraiment un iconoclaste, vous. Le Grand Citoyen Picard vous ferait pendre pour moins que ça.

– Je leur pardonne, car ils ne savent pas ce qu'ils font. Après, je vous confesse qu'il faut prendre sur soi. Je suis déjà condamné à mort, vous savez ? Je le prends comme une reconnaissance, et la confirmation que je suis dans le juste.

– Les choses sont peut-être un peu plus compliquées, mais admettons.

– Il y a des moments dans l'Histoire où il n'y a plus de place pour la nuance et la complexité. Des moments où il faut choisir son camp. Et vous, seriez-vous prêts à choisir le bon camp et à prendre part à notre combat ?

– Écoutez, votre cause m'est évidemment sympathique, et à plusieurs titres. Ma mère est allemande et j'ai la double nationalité, ce qui me désigne automatiquement comme suspect aux yeux de la Milice Citoyenne.

– Vous les cumulez, dites donc ! Un vrai premier de cordée !

– Si vous voulez. Et parisien. J'avais un loft dans le 19e. Dans le bon temps, je circulais à vélo dans Paris...

– Magnifique. Et un bobo cosmopolite avec ça ! Vous auriez vraiment toute votre place à nos côtés.

Florent se fit plus grave.

– Écoutez-moi un peu, s'il vous plait. En plus de toutes ces « tares », je suis homosexuel. Quand ils ont lancé leur fichage des homosexuels, mon ami a participé à des manifestations. Il pensait vraiment que la partie la plus à gauche du nouveau pouvoir, les Picard et autres, seraient sensibles à cette question et pèseraient. Mais ceux-là ont fermé les yeux, et leur grande gueule, et ont laissé les fachos de la Manif pour Tous réprimer les manifestations et coffrer les opposants. Je n'ai plus jamais eu de nouvelles de Jean-Marc.

– Vous m'en voyez désolé. J'espère qu'il finira par être relâché, et si nous pouvons entrer en contact avec lui, nous ferons le maximum pour l'exfiltrer.

– Merci. Mais, avec toute l'estime que j'ai pour vous et votre action, vous êtes juste quelques types éparpillés dans le maquis, non ?

– Il ne faut jamais perdre espoir dans le message d'Emmanuel et dans le courage de ses compagnons !

– Si vous le dites. Je m'en veux également, car j'ai dû partir et je n'ai pas pu attendre qu'il sorte de camp de rééducation. J'ai moi-même été exproprié de mon appartement, et toute mon épargne a été saisie. On m'a prévenu que j'allais être arrêté, et j'ai préféré m'enfuir. Je sais que c'est lâche, mais que faire d'autre ?

– Il n'est pas donné à tout le monde d'être un héros, vous savez. Moi-même, j'ai douté, j'ai été tenté de m'enfuir, puis la nécessité de résister m'est apparue comme une évidence, comme une illumination. Si vous trouvez la foi en vous, vous pourriez transformer cette culpabilité en courage et nous rejoindre, pour préparer l'avènement du Nouveau Monde.

– Euh, je vais d'abord passer en Allemagne, et refaire ma vie là-bas. Ils y accueillent admirablement les réfugiés politiques français, dit-on. Et puis, ce n'est pas comme si j'avais envie de reconstruire la France, vous voyez.

Un peu déçu par l'échec de sa tentative de recrutement, Lebreton n'insista pas et fixa en silence la route qui serpentait dans les bois.

Sentant probablement le malaise s'installer, son passager finit par le relancer.

– Mais dites-moi, Maxime, j'ai une question, peut-être stupide, à vous poser.

– Ah ah ! Votre phrase me rappelle une remarque d'un de mes amis qui enseignait : il n'y a pas de question stupide ! Il se tuait à le dire à ses étudiants pour que son cours soit vivant et interactif, mais seuls les étudiants étrangers jouaient le jeu. Les étudiants français, quant à eux, préféraient attendre la fin du cours en regardant la pendule et en préparant l'appréciation sarcastique et bien sûr anonyme par laquelle ils allaient flinguer leur professeur en fin de trimestre. Mon ami adorait enseigner, mais avait parfois l'impression de donner de la confiture aux cochons, c'était son expression.

– Je vois ce que vous voulez dire. Et où votre ami enseignait-il ? En DEUG de socio à Tolbiac, à vous entendre ?

– Même pas ! À Sciences-Po Paris ! Avant que les Gilets Jaunes ne le ferment, bien sûr. Trop d'esprit critique et de culture concentrés dans un seul endroit, ils ont dû avoir peur que ça les contamine. Ah ça, les Gilets Jaunes, ça vous vaccine contre l'humanisme !

– Ce n'est pas moi qui vais vous contredire. Sinon, je vais être un peu abrupt, mais au fond, qu'est-ce que vous foutez ici, dans ces bois, à faire passer au compte-goutte des réfugiés ? C'est ça, votre nouveau « Nouveau Monde » ? Pourquoi n'êtes-vous pas en train de préparer une contre-révolution ? Bon, ça sonne un peu réactionnaire, mais je ne sais pas, moi, une insurrection démocratique ? C'est quoi, au fond, votre projet ? En plus, vous avez une épée de Damoclès au-dessus la tête, qui finira bien par tomber, avec les risques que vous prenez.

Maxime Lebreton sourit.

– C'est la mission qu'Alexandre Maldini, qui était un des tout premiers disciples d'Emmanuel, m'a confiée, et c'est quelqu'un à qui je voue également une grande admiration. Or, je ne questionne pas les décisions prises au sommet de la Résistance en Marche ; il n'y a pas d'état d'âme à avoir. Et plus généralement, compte tenu de tout ce qui s'est passé, de la catastrophe subie par tant de personnes, mon sort individuel ne compte pas vraiment, si je peux corriger ne serait-ce qu'un peu les choses et poursuivre ce en quoi nous croyons.

– Mais c'est voué à l'échec, non ?

Maxime Lebreton tourna les yeux vers la crête des montages, à l'horizon.

– Je ne suis pas d'accord. À l'opposé de la promesse progressiste d'Emmanuel, leur système est bâti sur des mensonges plus gros les uns que les autres, mais aussi sur la colère et la haine. Pour cette raison, il finira par s'effondrer de lui-même. Il nous faudra alors être prêts, et organisés, pour reconstruire le pays, sans esprit de revanche ni violence, mais investis de notre Mission. Vous savez, dans l'Histoire, la France s'est plusieurs fois effondrée, d'ailleurs plutôt victime de ses propres turpitudes que de ses ennemis extérieurs.

Mais elle s'est à chaque fois redressée. C'est cette Renaissance que nous préparons aujourd'hui en en plantant les graines. Des graines qui ne sont que nos convictions profondes, celles que nous avons toujours défendues avec Emmanuel Macron. »

*

Interlude : Rachel

« … de l'analyse des résultats des élections législatives allemandes de 1932 et 1933, qui ont mené à la prise du pouvoir par le Parti National-Socialiste d'Adolf Hitler, il ressort donc plusieurs conclusions. »

D'habitude turbulent et envahi par un bruit de fond permanent, le grand amphithéâtre de l'Université Tolbiac, où Rachel Apfelbaum enseignait l'histoire contemporaine, se fit soudain plus attentif.

« Tout d'abord, les agglomérations commerçantes et industrielles, ou encore à proximité d'une frontière, telles que Hambourg et les villes de la Ruhr, mais aussi la cosmopolite Berlin, ont moins voté pour le NSDAP que les petites villes et les campagnes. On peut en déduire une moindre porosité aux idées nauséabondes de la part des populations bénéficiant de l'accès aux infrastructures, à l'éducation, à la culture et au commerce. »

Remarquant un léger brouhaha, Rachel marqua une légère pause, puis reprit.

« C'est en revanche dans une autre grande ville allemande, à savoir Munich, plus que n'importe où ailleurs en Allemagne, qu'ont éclos et se sont développées les racines du Mal. Il faut imaginer Munich dans les années 1930, encerclée de jolies montagnes, à l'abri du mélange et du cosmopolitisme, loin des mers, loin du commerce, loin des échanges d'idées, loin de l'Autre. On y vit dans un entre-soi confortable et rassurant, on ne voit pas plus loin que son clocher à bulbe, sa fête paroissiale, sa bière et sa culotte de peau. On se méfie de l'étranger, dès qu'il vient d'un village situé dans une autre vallée, même si ce village est situé à deux kilomètres à vol d'oiseau. Alors vous pouvez imaginer comme on se méfie d'un Juif soi-disant sans racine, si ce n'est, originellement, d'une zone éloignée comme le Proche-Orient... Et l'on peut affirmer, sans crainte de se tromper, que cette haine montante des Juifs n'était pas vraiment tempérée par la religion catholique pratiquée dans le sud de l'Allemagne.

C'est donc dans les tavernes bavaroises, si paillardes, si accueillantes, que les anciens combattants de 1914 ont commencé à désigner un bouc émissaire et à théoriser son éradication. C'est ici qu'Hitler a tenté, avec des groupes d'anciens combattants, son *putsch* minable de 1923, vaguement réprimé par une milice bienveillante qui, au fond, partageait ses idées. On se souvient qu'il n'avait d'ailleurs été condamné qu'à un an de prison, juste le temps d'écrire Mein Kampf depuis une cellule douillette. Cela vous laisse imaginer la mansuétude dont il a bénéficié.

En somme, le petit peuple de Munich de cette époque se perçoit comme habitant une ville moyenne et périphérique, affamée par le pouvoir central illégitime de la République de Weimar et des banquiers juifs. Il sent son identité ancestrale menacée.»

Le brouhaha se fit plus intense.

«N'importe quoi, celle-là! jeta une voix aigüe dans l'amphithéâtre.

– Je vous demande pardon?

– Votre analyse, c'est de la merde, intervient une jeune fille portant un *keffieh*. Hitler était une créature des capitalistes et des industriels, manipulée par les Américains.

– S'il vous plaît... Si la plupart des industriels allemands ont indéniablement soutenu Hitler après son arrivée au pouvoir, il était auparavant infréquentable pour la plupart de ces gens-là. Même le propriétaire de BMW, Günter Quandt, n'est devenu membre du parti nazi qu'en 1933, au moins autant par opportunisme que par conviction.

– Hitler est une créature du grand capital, pas du Peuple.

– Non, si l'on veut être juste techniquement, c'est même plutôt l'inverse. Le score du NSDAP et l'arrivée au pouvoir d'Hitler après les élections de 1933 proviennent notamment du jeu trouble, ou de l'aveuglement du parti communiste allemand, qui n'a pas voulu faire la différence entre le NSDAP d'Hitler et la droite conservatrice de Hindenburg et Von Papen...

– D'où parles-tu, espèce de bourgeoise capitaliste !

– C'est pas les communistes qui mettent Hitler au pouvoir, c'est le capital !, lança un autre étudiant.

– Sale Juive, c'est les Juifs qui ont mis Hitler au pouvoir ! », renchérit un troisième.

Abasourdie, Rachel contempla sans voix l'amphithéâtre en ébullition. Et prit la seule bonne décision possible, celle de s'enfuir.

Chapitre 4. Fièvres

« Plus on s'est trompé dans sa vie, plus on donne de leçons. »
Gilles Deleuze

Franck Rollo

Paris, 17e arrondissement, rue des Batignolles

« Le Président de la VIe République Citoyenne vous attend, Monsieur le Grand Citoyen. »

Franck Rollo s'extirpa avec peine d'un Peugeot Expert de fonction, un utilitaire diesel qui lui permettait d'afficher ses racines populaires malgré son accession aux plus hautes responsabilités. Il salua l'huissier d'un bref hochement de tête, agacé par l'absurde écart entre la frugalité revendiquée par son Gouvernement et ces salamalecs d'un autre temps.

Au moins avait-on choisi l'ancienne mairie du 17e arrondissement, de loin la plus laide de Paris, pour héberger, avec toute la modestie possible, la résidence du Président de la Nouvelle République Citoyenne. Facilement accessible depuis la place Beauvau et les autres lieux de pouvoir, elle avait le mérite d'être située dans un ancien quartier ouvrier, devenu au début du siècle un infâme repaire de bobos.

Cadres de la finance, avocats, commerçants juifs, expatriés de grandes multinationales, élites mondialisées, le quartier accueillait à l'époque toute la racaille que le nouveau régime abhorrait. Y implanter un de ses symboles politiques avait constitué un acte fort de reconquête territoriale de Paris par le Peuple français. Et puis le Palais de l'Élysée avait cramé, il fallait bien être pragmatique.

Penché sur une carte d'état-major représentant le Mali et le Niger, le Président Philippe de Monceau ne faisait même pas semblant d'attendre Franck Rollo. En juillet 2020, en quête d'une apparence de stabilité et pour répondre aux exigences de certains Gilets Jaunes étonnamment militaristes, le Rond-Point citoyen avait élu Président honoraire de la République Citoyenne l'ancien Général d'Armée Philippe de Monceau, qui avait comme principal mérite d'avoir un jour tenu tête à Macron. Faux sosie fatigué de Robin Williams, vaguement d'extrême-droite, vaguement ultra-catholique, personne ne savait vraiment, le général de Monceau avait connu son heure de gloire en contestant publiquement un budget de la Défense, le premier du quinquennat inachevé de Macron. Un budget qui prévoyait pourtant des rallonges substantielles à celui des armées. Imbu d'un prestige militaire qui ne l'avait pas empêché d'oublier son devoir de réserve, De Monceau avait publiquement mené une guérilla médiatique et parlementaire contre le jeune président élu. Il avait ensuite commis quelques ouvrages d'autojustification mal écrits, d'où suintait une conception toute personnelle de l'autorité et de la démocratie. Par une ruse de l'histoire et, se disait Rollo, un peu par défaut, le général de Monceau avait lui aussi accompli son rêve et se retrouvait enfin, ne serait-ce que symboliquement, chef de ces armées qu'il aimait tant.

« Monsieur le président de la République Citoyenne...

– Minute, papillon ! »

Interrompant Franck Rollo, le président-général poussa à l'aide d'une baguette, depuis le Tchad vers des bastions d'AQMI au Mali, quelques unités symbolisant les troupes héliportées françaises. Lesdits bastions, matérialisés par les pions-régiments d'un vieux RISK, tombèrent de la table.

« Dans le cul les bicots ! Pas besoin des Ricains ! Regardez ça, Rollo, comment on mène des hommes à la victoire ».

Affichant un regard qu'il voulait malicieux, le général se redressa et alpagua l'entrant.

« Bienvenue moussaillon ! Ah ! Rollo, avec votre barbe de djihadiste, je suis sûr que vous n'avez même pas fait votre service. Ce n'est pas grave, j'en ai maté des plus retors que vous. Vous voulez que je vous explique ce qu'est un vrai chef ? »

Franck Rollo soupira et prit sur lui. Le vieux radotait dur, mais il fallait se le cogner pour la forme. Il y avait évidemment bien longtemps qu'on n'avait plus les moyens d'entretenir une armée opérationnelle et encore moins d'envisager des opérations sur des théâtres extérieurs. Maintenir et faire voler un Rafale coûtait non seulement un œil et un coude, mais nécessitait également des ingénieurs et des techniciens de haut vol. Autant dire que quand on n'avait plus eu les moyens de les payer, tous ces traîtres s'étaient vite carapatés pour vendre leurs compétences à l'étranger. Quant aux Rafale proprement dit, ceux de l'Armée de l'Air croupissaient sous bâche à Mont-de-Marsan et à Reims. Les Rafale Marine avaient pour leur part été revendus aux Indiens, en complément gratuit du porte-avions Charles de Gaulle, que les Indiens avaient rebaptisé le Ganesh. Aucun respect. Plus généralement, faute de moyens et d'ambition, la France s'était retirée de l'ensemble de ses engagements militaires et en particulier de l'OTAN. Sa sécurité extérieure reposait essentiellement sur la Nouvelle Entente, l'accord de coopération militaro-commercial avec la Russie. Ainsi que sur des petits arrangements avec l'Arabie Saoudite, naturellement.

Ce qui restait de l'Armée française, rebaptisée Milice Citoyenne, regroupait également les forces de sécurité intérieure. Privée d'un budget décent, de matériel lourd et de capacité de maintenance, la Milice Citoyenne était désormais constituée d'une part de matériel léger, essoré par les années et le manque d'entretien, et d'autre part d'une pléthore de soldats. À la différence des autres branches de l'État, la Milice parvenait encore à assurer un petit salaire à ses hommes, ce qui expliquait qu'elle faisait le plein en matière de recrutement. Et puis, la traque sur le territoire domestique des émigrés, des bourgeois récalcitrants et des traîtres à la solde des Européens, motivait apparemment toujours beaucoup les jeunes Français.

« Et comment se passe la sécurité dans nos territoires d'outre-mer, Rollo. Et en Corse, l'Ile de Beauté ? »

Le Grand Citoyen Rollo fit la grimace. Il commençait sérieusement à s'agacer de la façon condescendante dont le vieux gâteux lui parlait. Surtout, il commençait à être lassé par ces discussions absurdes sur des sujets qui n'existaient tout simplement plus. Il n'y avait en effet plus ni DOM, ni TOM, ni DROM, ni COM, peu importe l'acronyme bureaucratique dont l'ancien régime affublait les confettis d'empire. Réunion, Guadeloupe, Martinique, Nouvelle-Calédonie, Guyane, Mayotte et l'ensemble des îlots perdus dans le Pacifique, tous, sans exception, avaient fait sécession de la Métropole après plusieurs mois d'émeutes. Là-bas également, les gendarmes avaient déposé les armes, et il y avait même eu quelques massacres de métropolitains, trop pâles au goût des locaux. Même les Kerguelen avaient pris leur indépendance, bordel.

Mais la Métropole étant à cette époque en état permanent d'insurrection, il y avait trop de problèmes à régler ici pour envoyer des troupes rétablir l'ordre là-bas. Par la suite, la mise en place laborieuse du nouveau régime avait, dans l'avalanche continue de merdes qu'il fallait gérer, relégué en bas de la pile le sort des anciennes possessions d'outre-mer.

Même la Corse, surtout la Corse pourrait-on dire, avait profité des troubles pour déclarer son indépendance et proclamer une République fondée sur une « préférence nationale » réservée dans à peu près tous les domaines aux insulaires pouvant prouver une ascendance corse sur au moins trois générations. Le nouveau régime faisait aujourd'hui preuve d'autant de fermeté vis-à-vis des quelques continentaux et des Maghrébins assez courageux pour être restés là-bas, que d'indulgence vis-à-vis de la mafia et du blanchiment d'argent sale. Tout compte fait, ils s'engueulaient beaucoup, sur leur île, ils se tiraient dessus pour un oui ou pour un non, mais ils pouvaient toujours trouver dans leur haine de la France un vrai facteur d'unité. Bref, les liens étaient coupés avec ce « territoire d'outre-mer », comme avec tous les autres, et le vieux le savait pertinemment. Donc soit son Alzheimer empirait, soit il se foutait ouvertement de sa gueule.

« Tout va très bien, monsieur, l'ordre et la liberté y règnent, pour autant que je le sache.

– Très bien, Rollo, très bien. Et la Résistance en Marche ? Vous allez bientôt m'annoncer qu'elle est matée, n'est-ce pas ? »

Franck Rollo se crispa. C'est donc là où le vieux voulait en venir en jouant au con avec lui. La Résistance en Marche, dirigée clandestinement par Alexandre Maldini, l'ancien dirigeant de la République en Marche, lui donnait depuis des années du fil à retordre. Le mouvement, protéiforme, non-violent, prospérait dans les écoles, dans les petites et moyennes entreprises, dans les appartements et les maisons. Et évidemment sur les réseaux sociaux.

Maldini diffusait une moraline insupportable, à base de « liberté », d'appel à la « bienveillance » et de valorisation de « l'intelligence ». Il s'entourait, on le savait, d'ingénieurs et d'informaticiens, de cadres et de commerçants, de professeurs et de journalistes, d'anciens policiers et militaires, des exilés, de quelques jeunes et de beaucoup de femmes. On avait même déploré pas mal de défections chez des Gilets Jaunes de la première heure, qui avaient vu leur niveau de vie dramatiquement écorné et leur liberté drastiquement réduite. Ils avaient fini, les traîtres, par retourner leur veste. Visiblement, les simulacres d'exécutions publiques ne fonctionnaient pas aussi bien sur le moral du Peuple qu'on voulait bien le lui raconter.

Chargé de la sécurité intérieure, il ne pouvait pas l'admettre en public, mais ces fils de putes de la Résistance en Marche appliquaient une stratégie redoutable, sans attentat, ni assassinat, ni émeute. Leur propagande était rédigée en bon français, ce qui était devenu rare, et ils donnaient à manger et offraient un refuge aux petits bourges. Sans doute s'étaient-ils inspirés de la stratégie des Frères Musulmans dans les cités.

Ils aidaient même les mauvais Français et les Juifs à s'enfuir du pays. Ils contaminaient les esprits en simulant, habilement il fallait l'admettre, l'entraide, l'esprit d'ouverture et l'écoute. Des concepts que Franck Rollo avait toujours tenus pour suspicieux. Mais la fête serait bientôt finie pour ces traîtres.

« Quasiment, Monsieur le Président. Nous disposons maintenant des derniers algorithmes de modélisation comportementale fournis par

Facetube Global Analytics. Ils nous permettent désormais de détecter un individu suspect par son comportement ou même son absence de comportement sur les réseaux sociaux, selon ce qu'il *like*, ce qu'il regarde, ce qu'il écrit dans ses messages privés... De plus, nous utilisons maintenant une solution de détection et de reconnaissance globale par satellite fournie par les Russes. Nous pouvons repérer physiquement et même suivre les suspects dans la vraie vie. Et les confondre grâce à leurs déplacements, leurs rencontres, leurs mouvements de tête ou encore leur démarche. L'analyse des données fournies par les deux sources combinées est l'équivalent d'un détecteur de mensonges à l'échelle d'un pays, c'est remarquable.

À titre d'exemple, nous avons déjà détecté une activité suspecte dans les Vosges, près de la frontière allemande. Nous soupçonnons un réseau d'exfiltration de clandestins, tenu par la Résistance en Marche et y avons organisé une souricière.

Considérez donc, monsieur le Président, qu'il n'y aura bientôt plus aucune résistance à notre grand projet citoyen.

– Épatant, Rollo, épatant», le congédia le général de Monceau avant de s'en retourner sur le front du Sahel.

*

« *Si ça bouge, ajoute des taxes. Si ça bouge toujours, impose des lois. Si ça s'arrête de bouger, donne des subventions.* » Ronald Reagan

Oliver Brelle

Paris, Rond-Point Citoyen

«Je donne la parole au Grand Citoyen en charge de l'Économie, le citoyen Olivier Brelle».

Se levant et se tournant face à l'Hémicycle du Rond-Point Citoyen, Olivier Brelle remercia le Président Asselineau et se prépara à répondre aux questions des Députés Citoyens sur les sujets économiques du jour.

Le partage du pouvoir avait été un vrai petit Yalta entre Gaulois. Ou une curée, c'est selon. En 2021, les Gilets Jaunes, les Insoumis et le Front National s'étaient étripés pour se partager la conduite du pays. Olivier Brelle avait mis tout son poids, et toute sa capacité de nuisance, pour avoir la main sur les questions économiques. Si l'ADN du Front le destinait plutôt à d'autres fonctions régaliennes, ils avaient convenu en conseil politique que c'était là que résidait le nerf de la guerre. La maîtrise des finances publiques, en particulier, permettrait de contrôler directement les autres fadas, en leur coupant les vivres s'il le fallait, et de canaliser leurs initiatives. D'autre part, on convenait que laisser les manettes de l'économie à ces guignols aurait été trop dangereux. Et accessoirement moins rémunérateur pour les finances du Parti et celles de ses membres. Après des années de politique, Olivier Brelle avait bien intégré qu'il valait toujours mieux se poster au plus proche du robinet. Surtout quand le robinet et ce qui en sortait étaient pour l'essentiel d'origine russe et qu'on avait toujours, au Front National, cultivé d'excellentes relations avec Moscou.

Et puis, la direction des affaires économiques projetait une image de compétence et de crédibilité, ce qui finalement lui convenait très bien. Sur la base de son DEUG de droit (ce qui en faisait le membre le plus diplômé du Gouvernement) et une courte expérience entrepreneuriale (il avait commencé comme vendeur dans la concession automobile familiale), il se targuait même d'avoir élaboré une doctrine économique mixte, d'obédience libéralo-dirigiste, mâtinée de conscience sociale et de protectionnisme tempéré. Avant sa glissade vers l'extrême-droite, ses parents ne l'avaient-ils pas élevé dans un terreau idéologique giscardien ? Et lui-même n'avait-il pas eu comme modèle en matière d'économie un Ronald Reagan à la fois ultra-libéral et néo-keynésien ? S'il y avait encore eu des éditeurs (et des lecteurs) dans ce pays, il aurait probablement pu faire coucher sur le papier par un nègre les brillants principes économiques dont il était le concepteur.

Mais non. Son gros problème, c'est que ce n'était pas vraiment le programme de Reagan qu'il avait dû mettre en œuvre, ni même celui de Trump, mais plutôt la combinaison explosive et dévastatrice des idées souverainistes de Philippot, du délire socialo-collectiviste de Philippe Martinez, et bien sûr, des revendications poujadistes des Gilets Jaunes, issues des RIC ou portées par leurs députés. Aux débuts de La VIe République Citoyenne, ça s'était emballé, les gens avaient joué à fond le jeu du Référendum d'Initiative Citoyenne, en particulier en matière économique. Avec le RIC, n'importe quelle idée farfelue, issue de l'esprit enflammé d'un illettré et approuvée par cinquante mille péquins prétendant représenter le peuple, pouvait théoriquement arriver sur le bureau des Citoyens députés pour y être enregistrée, vaguement discutée, votée, avant d'entrer directement en vigueur.

C'est ainsi qu'au cours des quelques semaines de grève générale et de kermesse populaire de l'année 2021 fut imaginé, vaguement adopté à main levée et immédiatement mis en œuvre, le cocktail de mesures connu sous le nom de Premier Programme économique Citoyen, et sobrement intitulé « Protection et Emancipation du Peuple ». Soit le recueil le plus débridé de démagogie économico-sociale depuis la Chine de Mao. À tout seigneur tout honneur, le Programme avait bien évidemment rétabli l'ISF mais également imposé une taxe confiscatoire de 85 % sur les patrimoines supérieurs à 500 000 euros et les revenus supérieurs à 100 000 euros, mesure à laquelle l'économiste Thomas Piketty avait apporté une caution « scientifique ». Tous les profits des entreprises au-dessus de dix millions d'euros avaient pour leur part été officiellement taxés à 75 %. En contrepartie, on avait supprimé la CSG, l'impôt sur le revenu (sauf pour les riches) et baissé la TVA à 7 %, sauf sur les produits dits de luxe. Comme exigé par un collectif de Gilets Jaunes, le diesel était désormais subventionné par l'État et donc quasi-gratuit à la pompe. Dans le Lot, près de Gourdon, les Gilets Jaunes locaux avaient organisé un immense barbecue citoyen à proximité d'une station-service pour célébrer cette mesure profondément émancipatrice. Une braise, portée par le vent, avait enflammé la station et fait exploser les cuves, entraînant la mort de 87 personnes dont de nombreux enfants. Le démantèlement de la gendarmerie locale le mois précédent et la grève des pompiers n'avaient pas aidé à réduire les pertes humaines.

On avait également promulgué l'interdiction de licencier et l'obligation d'embaucher en CDI. Le SMIC avait été relevé à 2500 euros. Dans une logique protectionniste (Trump le faisait bien, pourquoi pas nous ?), des taxes de 75 % avaient été imposées sur l'ensemble des produits agricoles et industriels dont un équivalent était cultivé ou manufacturé en France. Les Insoumis avaient imposé la nationalisation de l'ensemble des grandes banques. Imposées par la CGT et défendues par l'économiste néo-keynésien Mathieu Plane, l'embauche immédiate de deux cent mille fonctionnaires territoriaux et l'augmentation de 20 % de l'ensemble des salaires, sauf pour les riches, s'il en restait, avait été décrétées.

L'effondrement de la valeur de l'ensemble des actifs patrimoniaux ayant de près ou de loin un lien avec l'économie française (actions, obligations, immobilier) ne prit que quelques jours, sous l'effet de la fuite massive des capitaux, étrangers comme domestiques. Les investisseurs et les épargnants – dont de nombreux Gilets Jaunes qui avaient soldé leur Livret A, passé au taux annuel négatif de -2 % – avaient à cette occasion, pu apprécier à sa juste mesure la remarquable liquidité offerte par les marchés financiers.

L'exil de l'ensemble des entreprises étrangères, de la plupart des grandes entreprises françaises et de dizaines de milliers de Français, se déroula pour sa part en quelques semaines. À leur crédit, les facéties économiques des Gilets Jaunes avaient été beaucoup plus efficaces que la Révocation de l'Edit de Nantes par Louis XIV pour vider la France de ses forces vives.

La banqueroute de l'État français, et de ses satellites, désormais incapables de collecter les impôts et de faire face à leurs engagements, prit ensuite quelques mois. Atterré ou réjoui, le reste du monde assista à l'incroyable suicide de la 6e économie mondiale.

Dieu merci, à ce moment critique de l'Histoire de France, les effets de la chute drastique du niveau de vie, la paresse atavique des Français et la légendaire bureaucratie hexagonale finirent par reprendre le dessus sur la démagogie et le délire ambiants. On opéra donc au bout d'à peine dix-huit mois de chaos le grand virage du Second Programme Économique Citoyen, intitulé, après de longues discussions : « Programme de Responsabilité Économique Mais Sans Compromission ».

Après tout, Mitterrand avait bien opéré un tel virage en 1983 sans jamais se départir de sa morgue.

L'anarchie prit progressivement fin et la situation économique se stabilisa peu ou prou à un faible étiage : les commerces purent peu à peu rouvrir sans être vandalisés et certains transports publics encore en état de marche purent reprendre du service. Toutefois, la France, économiquement atone, subissait toujours une hyperinflation galopante et un appauvrissement généralisé, sans perspective d'amélioration.

Le pays avait alors recommencé à gronder et les ronds-points à être à nouveau occupés par des citoyens en colère. La France ayant, en toute logique, tourné le dos à l'Union Européenne et en particulier à l'Allemagne, son principal partenaire commercial et politique, c'est avec le FMI qu'il avait fallu discuter. Or, ce dernier n'avait aucune raison d'être bienveillant avec les représentants agressifs d'un pays en faillite, qui ne montraient aucune volonté de réforme, voire l'insultaient ouvertement. Fort de son expérience dans les négociations viriles, Philippe Martinez avait été désigné comme négociateur en chef, ce qui n'aidait pas à décrisper les échanges. En toute logique, la solution du FMI avait abouti à une impasse ; le pays se dirigeait inéluctablement vers l'effondrement.

C'est alors qu'Olivier Brelle avait sorti de son chapeau une solution miracle. À savoir un plan de coopération économique avec la

Russie, qu'il avait discrètement négocié avec le Kremlin. En échange de menues concessions (enfin c'est ainsi que cela avait été présenté au Peuple, qui était alors prêt à tout avaler), ce plan prévoyait que les Russes injecteraient quelques dizaines de milliards de dollars dans l'économie française, se porteraient garants d'emprunts nationaux et fourniraient quasi-gratuitement gaz naturel et pétrole. Accepter l'aide des Russes avait nécessité la promulgation du Troisième Programme économique Citoyen, dit « D'ouverture aux Partenaires Externes Bienveillants », approuvée par RIC à 92 %, avec une participation étonnante de 89 %, en mai 2024. La bouffée d'oxygène financière avait immédiatement fait effet, et au bout de quelques mois, la situation du pays avait enfin semblé prendre la voie d'une légère amélioration.

En contrepartie de son immense contribution au redressement national, l'habile Olivier Brelle avait obtenu une réforme constitutionnelle et la mise en place du Triumvirat, organe exécutif dont il était le maillon fort.

Mais le maillon fort d'un pouvoir affaibli et vidé de sa substance par le RIC.

Après quelques années de maelström institutionnel, et l'adoption par référendums douteux de quelques grandes mesures, dont le rétablissement de la peine de mort, on était en effet arrivé à la conclusion qu'une République référendaire ne pouvait tout simplement pas fonctionner, en France tout du moins. Le Referendum d'Initiative Citoyenne (RIC) pouvait au mieux servir d'appoint mais ne permettait en aucune manière de gérer le pays.

En effet, l'inertie aidant, la plupart des pétitions lancées ici ou là sur le territoire, parvenaient à peine à réunir quelques centaines de signatures, avant de finir au cimetière des idées mortes. Les rares qui parvenaient au stade du référendum, local ou national, n'attiraient généralement pas le nombre requis de votants, pourtant abaissé à vingt mille. En fin de compte, seules quelques propositions, simplistes et emblématiques, portées par les rares Gilets Jaunes qui continuaient à croire à ce mécanisme institutionnel, parvenaient à tracer leur chemin jusqu'à leur mise en vigueur. Celle-ci nécessitait toutefois une traduction réglementaire, ce qui redonnait du pouvoir à la technocratie.

Le pouvoir législatif, paralysé par son nombre et sa désorganisation, s'était avéré au plus fort de la crise économique incapable de travailler ou même de prendre les décisions les plus simples, un pouvoir exécutif fort était alors à nouveau indispensable face à la vacance du pouvoir et au vide institutionnel. À cette époque, ça tombait bien, l'exécutif était solidement contrôlé par Olivier Brelle.

« Tu parles d'une victoire à la Pyrrhus. » En contemplant le Rond-Point Citoyen, et en regardant les choses sous un autre angle, Olivier Brelle constatait, légèrement amer, qu'il avait accédé au rang de quasi-leader d'un Cuba bordélique, passé sous tutelle russe, amputé d'une partie de son territoire (dont la moitié de Paris) et dont l'économie était irrémédiablement sinistrée. En somme, pas exactement la prise de pouvoir dont il avait toujours rêvé. Merci les Gilets Jaunes, vraiment. Mais à cheval donné, on ne regarde pas les dents, non ?

Sauf que les dents de ce cheval-ci étaient vraiment gâtées, et il était impossible de l'expliquer précisément aux députés-citoyens, sans passer pour un infâme technocrate. Ces complotistes de Gilets Jaunes avaient toujours pensé qu'il y avait quelque part un magot caché par Macron et confisqué au peuple par ses amis banquiers. Tu parles...

La vérité était que si l'hémorragie avait été stoppée, on était objectivement dans la merde. Mais ce jour-là, Olivier Brelle, qui se targuait de jouer avec plusieurs coups en avance, disposait en se présentant devant le Rond-Point Citoyen d'un nouvel atout dans sa manche. Le magot manquant, il allait en inventer un de toutes pièces.

*

« Camarade Grand Citoyen », l'apostropha un Gilet Jaune. Un gauchiste, manifestement. « Nous nous inquiétons de l'approvisionnement de nos concitoyens automobilistes en diesel gratuit, dont une pénurie ou la facturation, seraient une atteinte insupportable, dictatoriale, et j'ose le dire, macroniste, à la liberté et au pouvoir d'achat. »

Des applaudissements nourris fusèrent.

– Citoyen gilet jaune, je souhaiterais te rassurer. Non seulement, le partenariat avec nos amis Russes nous garantit une fourniture de pétrole, régulière et quasi-gratuite, la différence étant prise en charge par l'Etat, mais nous avons diversifié nos sources d'approvisionnement grâce à un nouvel accord conclu avec l'Arabie Saoudite. Comme la plupart des autres pays, ces imbéciles, ai-je envie de dire, se sont convertis aux voitures électriques ou hybrides, nous sommes le dernier pays du monde libre à avoir le courage de continuer à rouler au diesel, ce qui nous confère une position de force pour acheter du pétrole aux bédouins. Et nos négociateurs, dont je tiens ici à féliciter l'habileté et la pugnacité, ont réduit la facture en accordant la gestion des enclaves de banlieues à quelques associations religieuses financées par Riyad, faisant ainsi d'une pierre deux coups, répondit Olivier Brelle, tout sourire.

– Citoyen Brelle, la politique pro-essence et surtout pro-diesel, que soutiennent quasi-unanimement nos concitoyens, pourrait nous mettre en situation de dépendance, non seulement sur le carburant, mais également en matière de véhicules et de pièces détachées, lança un autre député Gilet Jaune, spécialiste tatillon des questions de souveraineté et d'autonomie automobile. Quelles sont les mesures prises par le Triumvirat à cet égard ?

– Citoyen-député, j'entends l'inquiétude du peuple souverain sur le sujet, cajola Olivier Brelle. Comme tu le sais, la nationalisation des usines Renault et Peugeot situées sur le territoire français, et leur fusion dans la Régie Automobile Française, le plus grand ensemble européen de production et de maintenance de véhicules individuels et utilitaires, nous a mis à l'abri de toute dépendance aux importations. En particulier, je suis heureux de vous dire que nous avons réussi, grâce à une habile combinaison de taxes à l'import et de contrôles techniques accrus, à endiguer l'afflux de voitures allemandes. Il y a certes encore un peu de marché noir à la frontière alsacienne, mais les brigades de la Milice en charge des douanes y ont été renforcées. Par ailleurs, et nous savons faire preuve de tolérance, ce trafic porte sur de vieux modèles diesel d'occasion, dont les Allemands ne veulent plus. En aucun cas, l'argent des Français n'enrichit les Daimler, BMW et autres Volkswagen, qui comme nous le savons tous, sont des sociétés ayant par le passé été liées au régime nazi. En revanche, nous achetons des pièces détachées à nos amis de Turquie, où Renault et Peugeot avaient des usines. Enfin, l'interdiction de la R&D sur la technologie électrique ou hybride permet à la Régie Automobile Française d'allouer efficacement ses ressources à l'allongement de la durée de vie du parc automobile existant. La suppression des contrôles techniques aide aussi pas mal à garder ces épaves sur la route, ajouta-t-il in petto.

Quelques applaudissements épars ponctuèrent sa réponse.

– Députés-citoyens, s'il demeure quelques écolo-bobos parmi vous (il laissa habilement passer un silence pour que fusent quelques rires), j'ai également une bonne nouvelle pour vous. Malgré la généralisation du diesel et la remise en route des centrales à charbon, les émissions carbone de la France ont fortement chuté. La France respecte désormais ses engagements de la COP 21 ! Que cela cloue le bec aux bien-pensants qui voulaient opposer les besoins du peuple aux préoccupations écologiques ! »

Cette fois, les acclamations se firent plus vives. Olivier Brelle se dit alors que cette remarquable performance environnementale, calculée par l'ONU et le GIEC (la France aurait bien été en peine de le faire), avait surtout à voir avec la chute dramatique de la production industrielle française, qui avait été ramenée à son niveau de 1985.

« Camarade Frontiste, tu nous endors avec tes grands airs, ton autosatisfaction et tes discours de technocrate, lui lança un gilet rouge. Malgré votre soi-disant politique sociale, le prix des denrées alimentaires de première nécessité ne cesse de grimper. Il saute aux yeux que des capitalistes, peut-être protégés par une certaine partie du Triumvirat, qui préfère défendre ses propres intérêts et ceux de ses amis plutôt que ceux de nos concitoyens, continuent d'affamer le Peuple et de s'enrichir indûment sur son dos. »

Comme toujours, les choses allaient être plus coton avec ces grognons d'Insoumis/CGT.

« Citoyen, l'autosuffisance alimentaire de la France est une des clés de voûte de notre politique économique. Comme vous le savez, nous avons opté pour une certaine liberté entrepreneuriale en matière de production et de commerce pour les agriculteurs et les petits commerçants, afin que chacun puisse vivre dignement de son travail. Nous ne parlons pas ici de profiteurs, mais d'honnêtes citoyens. En revanche, nous avons fait le choix de nationaliser et de concentrer en une grande régie nationale et patriotique d'approvisionnement les distributeurs nationaux Leclerc, Auchan et Carrefour, qui autrefois s'engraissaient grâce aux marges honteuses réalisées à la fois sur le dos des petits paysans et sur celui des consommateurs. Nous ne vous cacherons pas, notamment parce que vous le savez déjà, que nous connaissons ici ou là des épisodes de pénurie entraînant, parfois, une légère hausse des prix des denrées de base. Je pense en particulier à la bière et au vin, secteurs d'excellence dans lesquels nous ne sommes malheureusement plus autosuffisants. Pour autant, grâce à la suppression des normes de contrôle sanitaire, et surtout à la réintroduction des désherbants développés en France à base de glyphosate, si injustement vilipendé par l'ancien régime bourgeois bien-pensant, nous avons désormais bon espoir que cette regrettable situation ne soit que temporaire et que la production agricole reparte rapidement. Par ailleurs, nous sommes actuellement, comme vous le savez, en négociation avec les pays de La Ligue Bolivarienne sur la signature d'un accord commercial permettant d'importer les produits agricoles que nous ne produisons pas, comme le café, et dont nos compatriotes sont privés depuis trop longtemps. Je rassure sur ce point nos amis de la Ligue Paysanne : à l'inverse des agressions de jadis, espagnoles ou polonaises, contre nos campagnes, il ne s'agit pas ici d'une concurrence déloyale de ces pays amis. Nos frontières commerciales sont bien gardées et les Français continueront à manger français, notamment au travers des bons alimentaires distribués par les services de l'Etat.»

Olivier Brelle perçut un peu de flottement dans les travées. La quasi-disparition des services publics, couplée à la distribution de bons alimentaires, passait mal, surtout dans les territoires ruraux les plus reculés. Il fallait reprendre l'initiative.

*

« Citoyens, je n'essaie toutefois pas de vous endormir. Les capitalistes, les banquiers Juifs, la clique macroniste, soutenus par des médias sionistes à leur botte ont, il y a maintenant dix ans de cela, laissé la France dans un piètre état. Si à la suite de la Révolution Citoyenne, nous avons réussi à ne pas couler sous les coups spéculatifs des agresseurs de Londres et de Francfort, c'est grâce à notre courage, à notre travail et à notre pugnacité toute française. Ainsi qu'à l'assistance désintéressée de pays alliés. Alliés, que dis-je ? Amis ! Toutefois, les temps demeurent durs pour nos citoyens privés, pour un trop grand nombre d'entre eux, de ce à quoi ils ont droit. Ne nous y trompons pas, cette situation est le résultat des attaques économiques croisées et larvées de grands ennemis historiques de la France. Deux ennemis qui n'ont jamais cessé d'essayer d'affaiblir notre volonté, d'éroder notre unité, de saper notre identité. »

Brelle fit une pause, soignant ses effets, captant toutes les attentions.

« Le premier, on ne peut pas le rater, cet encombrant et si prospère voisin qui ne peut s'empêcher de mettre les pays limitrophes sous sa coupe. Avant-hier en nous envahissant, hier en manipulant une Union Européenne à sa main, aujourd'hui en accueillant, en nourrissant et en armant les traîtres à la Nation. Je veux, bien entendu, parler de l'Allemagne, qui consolide sous nos yeux son emprise sur l'Europe, recréant petit à petit un nouveau Reich à visage à peine plus humain. Un Reich industriel et commerçant, bureaucratique et corrompu, saxon et luthérien. Mais un Reich toujours dominateur qui, dans toute l'histoire de cette fausse nation qu'est l'Allemagne, n'a jamais, jamais cessé d'agresser la France, de tenter de grignoter ses frontières et d'affaiblir son peuple héroïque.

– Mort aux Boches !, lança un premier député.

– Au four les Fritz !, enchérit un second.

– Tuons les Teutons !, hurla une troisième dont les postillons manquèrent de peu le crâne de son voisin de devant.

Les esprits s'échauffaient, il les tenait.

– Mais je citais un autre ennemi, moins démonstratif, moins visible, mais tout aussi sournois. Niché en notre sein, nourri de nos efforts, tirant les ficelles dans l'ombre. Nous ne sommes toutefois pas dupes ! Nous ne le connaissons que trop bien, cet ennemi intérieur qui, par sa duplicité et son homogénéité ethnique et culturelle, aspire et confisque à son unique profit les ressources des bons Français. Vous savez très bien de qui je veux parler.

– Mort aux youtres !

– Dehors les youpins !

– Rendez l'argent ! »

Olivier Brelle sourit. Finalement, certains suivaient encore, dans cette assemblée de demeurés. Il fallait maintenant faire baisser la pression, et conserver la maitrise du rythme.

« Chers Députés Citoyens, afin de retrouver la prospérité et le rayonnement de notre pays dans le monde, mais aussi de contrer ces ennemis intérieurs et extérieurs, j'ai l'honneur de vous présenter aujourd'hui le 4e Programme de Redressement Économique de la France. Tout d'abord, je vous propose une relance du secteur du bâtiment et des travaux publics par la construction, obligatoire et aux frais de l'Etat, d'un rond-point routier à chaque entrée de chaque village de France. »

À la satisfaction d'Olivier Brelle, le Groupe des Gilets Jaunes clama bruyamment son assentiment à coups de pupitres. Ils n'avaient encore rien vu.

« En matière de financement, j'ai le plaisir de vous annoncer que ce plan de régénération territoriale ne coûtera pas un centime d'impôt aux citoyens français. Il sera intégralement financé par l'octroi de nouvelles concessions de zones symboliques à nos bienveillants partenaires économiques. Ainsi, nous concéderons pour cinquante ans le secteur des Grands Magasins à nos amis chinois, qui souhaitent y relancer, dans une zone sécurisée, les Galeries Lafayette et le Printemps, qui, je vous le rappelle, avaient été abandonnés aux émeutiers pendant la Révolution. D'après les échanges que nous avons eus avec eux, ils seraient également intéressés par une autre concession, sur le Louvre. Par ailleurs, en échange d'une contribution décennale à nos projets, nous avons concédé à nos amis de Facetube Global Analytics l'exploitation des réseaux et installations informatiques de l'Armée et de la DGSE, aujourd'hui inutilisés. Un partenariat complètement à notre avantage, donc. »

Ça devenait technique, il sentait qu'il les perdait.

Et puis abandonner des lambeaux d'une souveraineté, même symbolique, ça chiffonnait un peu tout le monde dans l'Hémicycle. Sauf les gauchistes, évidemment.

« Députés-citoyens, tout cela n'était qu'une mise en bouche. L'objectif du 4e plan consiste surtout à faire payer – économiquement, cela va sans dire, nous ne sommes pas des barbares – les mauvais Français, sans attaches et parasites, qui sont les bataillons de l'ennemi de l'intérieur. Je vous propose donc de sévèrement corriger ceux qui depuis des centaines d'années, dans le commerce spéculatif, dans la banque, dans les médias, captent la vraie valeur produite par les travailleurs français. Je vous propose de récupérer légalement cette richesse qui nous appartient, légitimement, voire moralement.

Citoyens français, je vous propose de punir ceux qui ne créent rien par la sueur mais raflent tout par la ruse. Je vous propose de punir ceux qui n'ont cessé de manipuler l'Histoire à leur profit, se faisant passer pour l'agneau, alors qu'ils étaient le loup. Et même s'ils se cachent, nous avons désormais les moyens technologiques de les identifier et de les localiser. Je vous propose, dans une juste compensation de la spoliation subie pendant des décennies par la Peuple français, de procéder à l'expropriation des biens matériels et financiers de tous les Juifs recensés sur le territoire français. »

Comme un seul homme, le Rond-Point Citoyen se leva pour l'applaudir à tout rompre. Ça, le père Le Pen aurait sûrement apprécié.

*

> «*Aussi longtemps que nous aurons des prisons,*
> *peu importe par qui les cellules sont occupées.*»
> George-Bernard Shaw,
> *Bréviaire d'un révolutionnaire*

Xavier Picard

Marseille

Sous un soleil caniculaire et malsain, la voiture s'arrêta devant un mur de moellons, percé d'une porte cochère et surmonté d'un mirador.

La prison des Baumettes, où l'attendait Jean-Luc Mélenchon.

Accompagné par un garde fatigué dans des couloirs malodorants, Xavier Picard fut guidé jusqu'au parloir et reconnut, derrière la vitre sécurisée, l'ancien leader de la France Insoumise, qui l'attendait en tirant la gueule. Le physique du vieux ne s'était pas arrangé avec l'âge, il faisait même pitié dans son jogging de détenu. Mais il avait toujours son regard perçant derrière ses lunettes carrées.

«Monsieur le Grand Citoyen Picard daigne enfin venir me rendre visite dans ma minable petite cellule de prisonnier politique! lança en guise d'accueil l'ancien sénateur socialiste.

– Mélenchon, tu as demandé à me voir, je suis venu, n'en rajoute pas.

– Ne prends pas tes grands airs avec moi, Picard. Tu sais exactement pourquoi je suis là, à croupir comme un rat, alors que le Peuple a besoin de moi. C'est le Front National qui m'a collé là, je le sais très bien, ils me détestent toujours, ces fascistes. Tu le sais très bien, Xavier, que cette condamnation à mort était une farce sinistre. Il n'y a même pas eu de procès public, j'ai à peine pu me défendre. Ils m'ont traité de complotiste, de factieux, d'ennemi du Peuple! Moi, Mélenchon, un ennemi du Peuple, quelle escroquerie! Ils ont dit que j'étais corrompu, que j'avais piqué dans la caisse! Moi qui déteste tellement l'argent que je n'en ai jamais sur moi!

C'est un coup d'État, et tu le sais, donc tu vas faire en sorte de me sortir de là, en utilisant le pouvoir de grâce conféré par ta putain de position dans ton Triumvirat merdique. Quant à cette buse de Rollo, je l'ai soutenu en 2019, je l'ai encensé, il m'en doit une.

– Je crois que tu n'as pas compris. Ton procès était équitable, et les graves faits qui t'ont été reprochés étaient avérés. Il y a bien des preuves que tu voulais renverser le Triumvirat et la jeune République, non ?

– Tu te fous de ma gueule, Picard ! J'en suis un des pères fondateurs, de cette VIe République, je devrais en être le leader, et finir au Panthéon, pas aux Baumettes !

– Tu vois, Jean-Luc, tu mets toi-même le doigt sur ton principal problème, ce qui est honnête de ta part, même si cela ne t'a pas vraiment aidé au tribunal. Ta principale obsession a toujours été ta propre personne sacrée, ton prétendu destin de lider maximo. Tu te souviens de la jaunisse ridicule que tu nous as faite à la Présidentielle de 2017, quand tu as fini 4e après t'être vu président ? Tu nous as fait pitié, à cette époque. Mais plus grave, tu nous as démontré ce jour-là que tu avais toujours voulu le pouvoir pour le pouvoir, et surtout le pouvoir pour Jean-Luc Mélenchon. Ça explique ton obsession pour le Venezuela, que tu voyais envers et contre tout comme la preuve que ta conception du pouvoir, dirigiste et inégalitaire, pouvait constituer un modèle pour diriger un pays entier. Tu as soutenu aveuglément une clique de pillards qui s'est servie sur la bête, a ruiné son pays et oublié le Peuple. Et ce faisant, tu as toi-même oublié le Peuple en route. Mais c'était prévisible, car le Peuple n'était pour toi qu'un prétexte, une cause pratique à enfourcher. Au fond, alors que je me bats pour l'égalité parfaite, tu t'es toujours battu pour avoir ta grande gueule, d'abord à la télé puis un jour à l'Élysée.

– Tu m'insultes, Picard, j'ai le Peuple chevillé au corps, je résonne avec lui, avec sa colère et sa révolte. Depuis des décennies, j'ai été, je suis toujours sa voix contre l'Oppression. Le Peuple, c'est moi, plus qu'aucun couillon de Gilet Jaune dans votre Rond-Point Citoyen d'abrutis.

– En 2017, contrairement à ce que tu dis, je suis parvenu à quelques milliers voix de la Présidence de la République. Tout seul, porté par la foule grossissante des sans-voix. Et tout cela sans vos simagrées et vos circonvolutions institutionnelles. L'Histoire pour avancer a besoin de tribuns, Picard, elle a besoin de personnages historiques dans mon genre. Des types qui n'ont pas peur de l'excès, de la colère, de la contradiction. De personnages qui donnent des coups de boutoir à l'ordre établi. Tu crois que les choses auraient pu bouger avec de gentils petits pamphlets sur les crimes des multinationales ou des petits documentaires sur les péchés des milliardaires ? Non, non, il faut faire peur, Picard. Il faut faire peur au pouvoir bourgeois en place, le déstabiliser, le frapper au ventre, ne pas lui laisser de répit, et finalement l'amener à la faute. C'est ce que j'ai fait, seul, de 2012 à 2019. J'ai préparé le terrain, j'ai esquissé la Révolution, Picard. Seul et solitaire, j'ai porté l'Histoire sur mes épaules, je l'ai accélérée, je l'ai incarnée. Il faut et il faudra toujours des grands hommes, qui soufflent le chaud et le froid sur l'incendie de l'insurrection.

Et toi, toi qui me juges et me condamnes aujourd'hui... Malgré ta position politique et tout ton pouvoir du moment, je peux te le dire sans hésiter une seule seconde : tu n'es pas un grand homme, tu es un petit fonctionnaire mesquin du nouveau régime, un expert-comptable de la Révolution. Tu pactises, tu fais des entrechats. Tu multiplies les révérences à nos ennemis d'hier, les cathos intégristes et les frontistes. Tu as appris à faire la quenelle, Picard ?

– Ta gueule, Mélenchon, tu mens et tu sais que tu mens. Toute mon action est au service de la justice sociale. Les autres, les fachos, sont des contraintes temporaires, un mal nécessaire, qui sera purgé en temps voulu. Le problème, Jean-Luc, c'est que tu n'as pas cessé de mentir et de trahir, de faire semblant de défendre des idéaux qui te dépassaient, pour ton unique profit, comme le petit bourgeois de province que tu es au fond. Tu t'es servi dans les caisses de l'État pour tes dépenses courantes, comme un vulgaire François Fillon. Tu as trahi la Révolution à tes fins personnelles. Comme le gros Danton.

– Mensonge ! »

Tout avait été dit entre eux, désormais. Il était temps de faire comprendre au vieux l'impasse dans laquelle il était. Il lui devait bien ça. Mais l'autre l'avait probablement déjà compris.

« Peut-être, mais tu m'en vois désolé, je ne peux plus rien pour toi. Si je ne veux pas me compromettre vis-à-vis des autres membres du

Triumvirat, je ne peux intervenir que pour commuter ta condamnation à mort en prison à vie.

– Bordel, Picard, je t'ai sorti du caniveau. Tu n'étais rien, je t'ai fait député. Je t'ai donné tout ce que tu as aujourd'hui ! Tu me dois d'être ce que tu es, Grand Citoyen !

– Tout ça se discute, Citoyen ! De ton côté, tu préparais un coup contre le Triumvirat, Jean-Luc, tu as comploté contre moi et, pire, contre le Peuple.

– C'est faux, c'est des conneries et tu le sais très bien. Ce procès est un coup monté, truqué par mes ennemis fascistes !

– C'est toi qui le dis, Jean-Luc. Et il n'y a plus que toi qui le dis...

– Merde, relâche au moins Corbière, tu sais bien que c'est un impulsif, qui n'a jamais rien compris à ce qu'il racontait. Personne ne peut honnêtement croire qu'il pouvait comploter quoi que ce soit...

– Jean-Luc, Jean-Luc. Quand on a raflé Danton, a-t-on épargné le beau Camille Desmoulins ? Sans vouloir faire injure à Camille Desmoulins, bien sûr. »

*

« L'Histoire ne pardonne pas aux peuples qui se couchent. »
Jean-Marie Le Pen

Sergei Molotov

Paris, 7ᵉ arrondissement

« Citoyen Rollo, bienvenue, entrez, entrez. Faites comme chez vous ! »

D'abord un peu hésitant, Franck Rollo entra dans le bureau de Sergei Molotov, un endroit où il était venu plusieurs fois négocier – enfin surtout faire des concessions – sur le fonctionnement des enclaves. Mais pas cette fois. Il respira un bon coup et récita le texte qu'un conseiller zélé lui avait rédigé.

« Merci, mais je préfère rester debout. Ambassadeur Molotov, je suis venu vous exprimer l'insatisfaction générale du Gouvernement français devant l'intolérable assassinat par les services de sécurité de l'enclave russe de Paris d'un membre du Rond-Point Citoyen.

– Ah ! le petit délinquant qui a été neutralisé lundi dernier faisait donc partie de votre Parlement ? Vous devriez en désigner les membres sur la base de critères plus avisés, si je puis me permettre.

– Molotov, vous ne pouvez pas vous permettre de commenter le fonctionnement de notre République, et encore moins d'assassiner nos concitoyens chez nous. Même le tyran Macron n'a jamais fait tirer sur le peuple français ; ce n'est pas pour que cela arrive aujourd'hui avec des forces de sécurité étrangères opérant sans limite sur notre territoire. Je vous rappelle que, depuis la directive de juin 2020, il existe dans ce pays une immunité pour les casseurs s'attaquant aux signes extérieurs de richesse.

– Je ne me rappelais pas que cette directive s'appliquait aux concessions russes.

– Putain ! La loi de la République s'applique sur l'ensemble du territoire français ! Nous exigeons des excuses officielles de votre Gouvernement et des réparations pour le préjudice ! Vous ne souhaitez pas que le Peuple français prenne ombrage de ce qui s'est passé et choisisse de ne plus considérer les intérêts russes comme une priorité, n'est-ce pas ? »

Molotov sourit. L'ancien livreur récitait bien son texte et mettait la pression, certain de son avantage. Il le dominait certes d'une tête, mais son impréparation à cette discussion suintait de sa posture forcée. La pathétique certitude, héritée de la période des émeutes, qu'un rapport de force verbal, voire physique, pouvait suffire à l'emporter, affaiblissait Rollo. Ceci n'était pas un combat de primates dans une savane. Il n'y avait ici aucune prime à celui qui braillerait le plus fort.

« Rollo, Rollo, vous savez comme moi que vos lois ridicules ne s'appliquent pas sur l'ensemble de votre territoire. Territoire que vous êtes d'ailleurs bien incapables de sécuriser. Vous devriez également savoir que la Fédération de Russie ne s'excuse jamais. Sans exagérer, je pense qu'on préférerait vous bombarder plutôt que nous excuser.

– C'est une menace d'ordre militaire ? s'étouffa un Rollo pivoine.

– Non c'est une blague, espèce d'imbécile. Car ce que vous ne savez pas encore, c'est que c'est le Gouvernement français, et vous personnellement, pour me faire plaisir, qui allez présenter des excuses à notre pays pour l'intolérable intrusion commise sur notre territoire, en infraction avec nos accords passés...

– Et puis quoi encore, espèce d'enculé ?

– Ne soyez pas vulgaire, Rollo, et laissez-moi finir. Je n'ai qu'un coup de fil à passer à Moscou et nous cessons immédiatement toute livraison de pétrole et de gaz. Dans six jours très exactement, la France est dans le noir. À moins, bien sûr, que vous ne soyez en mesure de relancer vos centrales nucléaires en veille. Mais j'ai cru comprendre que vous n'aviez plus d'ingénieurs, n'est-ce pas ? Trop bourgeois, peut-être ? Et puis, vos petits Gilets Jaunes chéris vont adorer la pénurie de diesel qui suivra. Ensuite, nous vous couperons toutes les injections de devises. Il faudra très vite, en quelques semaines je dirais, trouver un moyen de produire vos propres vêtements, vos propres smartphones et vos propres ordinateurs. Et aussi vos outils pour réparer vos chaudières, vos voitures et vos tracteurs. Bref, tout ce que vous êtes incapables de manufacturer et que vous ne pouvez importer que grâce à nous. J'ai bien peur que les seules choses que votre pays produise de manière autosuffisante soient le camembert et le gros rouge, Rollo. Vous savez, nous en avons plusieurs fois fait l'expérience en Russie, quand une population se rend compte qu'une disette la guette, ses membres en deviennent vite fous et incontrôlables. Alors, au pays de la gastronomie, vous imaginez ! Nous estimons que les premières émeutes et pillages surviendraient en 48 heures et que votre société, qui n'est ni résiliente, ni organisée, ni solidaire – ça se saurait – s'effondrerait en trois semaines. Ça doit être une expérience intéressante à vivre, de revenir à l'âge de pierre. Mais je vous rassure, quand vous serez pourchassés par la foule en colère et que vous devrez suivre l'exemple de votre cher Macron, nous serons heureux de vous offrir l'asile politique. »

Franck Rollo avait changé de couleur et était maintenant blême. Ricanant intérieurement, Molotov eut tout le temps de deviner la laborieuse mise en branle des rouages mentaux de Franck Rollo. Le monde de ce dernier était habituellement simple et pliait sous sa colère et sa violence. Il n'avait que rarement été confronté à une situation un tant soit peu compliquée. S'il n'avait jamais particulièrement aimé les Russes, il n'avait jusqu'à ce jour jamais compris à quel point le piège était, depuis longtemps déjà, refermé sur ses amis et sur lui. Face au Russe, l'épiphanie était aujourd'hui bien amère. Après un long silence, la veulerie reprit le dessus.

« Molotov, mon ami, mon ami. La France et la Russie sont de grandes nations amies, et votre position est compréhensible. Nous allons vous proposer un texte de conciliation et d'excuses permettant aux deux parties de sauver la face, et tout redeviendra comme avant.

– Je n'ai pas fini, Rollo. En compensation du préjudice subi, la Fédération russe souhaite que nous revisitions nos accords sur les concessions.

– Mais, mais, nous venons à peine d'en signer la dernière version...

– Les temps changent vite, visiblement. Nous serions prêts à accepter les excuses du Gouvernement français et à faire table rase de ce léger différend, en contrepartie de l'ouverture de deux nouvelles concessions russes, qui seraient profitables à nos deux pays.

– Je ne comprends pas. Vous voulez quoi, le Mont-Saint-Michel ?

– Vous voyez, vous pouvez être amusant, quand vous le voulez. Nous souhaiterions la création de deux concessions de cent ans sur vos bases navales de Brest et de Toulon, où notre marine aurait un droit permanent de mouillage, d'avitaillement et d'entraînement. Appelez ça de la coopération militaire entre deux grandes nations amies, si vous voulez. Mes conseillers vous feront parvenir le projet de Loi détaillé.

– Mais, je ne comprends pas, vous voulez conquérir la France ?

– Mais non, citoyen Rollo, mais non. Ça, c'est déjà fait. »

*

« Tu ne te vengeras pas et tu ne garderas pas de rancune envers les enfants de ton peuple. Tu aimeras ton prochain comme toi-même. »
Ancien Testament

Maxime Lebreton

Éclairant son chemin, la flamme d'Emmanuel subsisterait toujours.

Quelques années plus tôt, Emmanuel Macron s'était dévoué et sacrifié pour sauver des Français qui ne méritaient probablement pas de l'être.

Par qui et comment cet individu supérieur avait-il été envoyé pour sauver les Français de leurs turpitudes et de leur médiocrité ? Des années après, la réponse relevait toujours du mystère pour Maxime Lebreton.

En l'espace de trois, quatre années, avant et après l'élection de 2017, Macron avait par Sa seule volonté révolutionné un pays sclérosé, renversé un pouvoir vermoulu et confisqué par les partis. Accompagné de disciples subjugués, Il avait indiqué la voie du redressement économique et politique à une nation s'acheminant lentement mais sûrement vers son déclin.

Peu s'en souvenaient, ou voulaient s'en souvenir, mais il avait redonné espoir, enthousiasme et fierté à beaucoup. Après des années de léthargie, la France se relevait enfin, pansait ses plaies et regardait à nouveau les autres nations d'égal à égal. Mieux, elle créait des *startups*.

Pour cela, Emmanuel Macron n'avait pas prôné la purge et le sacrifice, mais l'effort, l'exemplarité et la capacité d'adaptation du Génie français. Il envisageait non de rafistoler le vieux modèle, mais de le transformer et de construire une nouvelle société inclusive, bienveillante et dynamique. Flexible et optimiste. Où les plus fragiles ne seraient pas laissés sur le bord du chemin, mais tirés vers le haut par l'éducation et la croissance économique générée par des jeunes pousses enfin libres d'éclore. Où les individus les plus dynamiques ne seraient pas empêchés ni jalousés, mais encouragés à réussir, pour que leur succès leur profite évidemment, mais bénéficie également à tous.

Réveillant les ressources endormies et les talents cachés du pays, Il traçait très clairement un chemin immédiat vers le redressement mais aussi, pourquoi pas, vers un modèle de développement, de société et de civilisation spécifiquement français. Un modèle enfin producteur de richesses, équilibré, écologique, capable de s'adapter, mais aussi soucieux d'art de vivre et de culture. Un modèle qui durerait un siècle, dans un pays qui serait à nouveau le phare du monde.

Au contraire d'autres politiciens, pour concevoir et bâtir son grand œuvre, Emmanuel Macron n'avait pas misé sur les solutions simples, les discours faciles ou les passions tristes. Il avait parié sur ce qu'il y avait de meilleur chez le vieux peuple ronchon : l'intelligence, le talent et l'envie d'enfin se projeter dans le XXIe siècle.

Surtout, alors que ses opposants passaient leurs discours à cibler vaguement un ou plusieurs boucs émissaires, qui les riches, les bobos et les élites, qui les immigrés, qui les journalistes, les francs-maçons et les juifs, jamais Emmanuel Macron, et Il était le seul à agir ainsi, n'avait tenté de monter les Français contre une sous-catégorie de la population, en la stigmatisant outrancièrement. Car au fond, Emmanuel Macron était amoureux de ce vieux peuple, si ronchon fût-il. Au fond, Emmanuel Macron était Amour.

Emmanuel Macron était tellement Amour qu'il se refusait à mentir aux Français et à leur passer de la pommade. Il parlait vrai, que cela plaise ou non. Leur dire une vérité pas toujours agréable, les engueuler un peu, leur faire la leçon quand ils ne comprenaient pas, n'était-ce pas au fond la plus belle preuve de respect ?

Mais l'humanité étant ce qu'elle est, cet Amour, ce respect, cette hauteur de vue ne pouvaient qu'insupporter les médiocres. Figure christique pour les plus lucides, Emmanuel était, c'était triste, perçu comme un imposteur par la partie la plus aveuglée des Français. Pour ceux-là, encalminés dans une prison mentale bâtie sur deux décennies d'abandon, de chômage et de mensonges, et qu'Il n'avait pas eu le temps de convertir, peu importe qu'il dise blanc ou noir, peu importe la justesse de ses choix.

Si Macron avait été vu en train de marcher sur l'eau, il Lui aurait reproché de ne pas savoir nager. Après, il est vrai qu'on l'avait surtout aperçu juché sur un jet-ski, jouant à arroser ses gardes du corps.

Les aveuglés, incapables de voir le Bien, le détestaient par réflexe et lui prêtaient les pires intentions. N'avait-on pas élu trop de sales types affichant une empathie de façade, tout en se comportant dans leur palais en mini-tyrans et, surtout, ne faisant rien. Était-ce même imaginable d'avoir comme président, comme Guide, un homme supérieurement intelligent, bossant jour et nuit pour le pays, sans être corrompu d'aucune sorte ni porté sur la bagatelle ? Impossible. Et en plus il demandait des efforts, de l'élan, du travail et transformait le vieux pays à tour de bras. Certes en commençant maladroitement par l'allègement de la fiscalité des plus aisés, mais passons.

Les Français préféraient-ils vraiment la voie du déclin sympathique avec un Jacques Chirac en roi fainéant ou le sursaut national avec un Président, jeune, beau et envié par tous les autres pays ? Pour Maxime Lebreton, la révélation avait été évidente, lumineuse, avant même la victoire de 2017.

Mais le temps de l'accomplissement des promesses avait été plus court que celui de Christ, à peine deux étés. Dans son enthousiasme, dans sa soif d'un progrès partagé par tous, Emmanuel Macron n'avait eu le temps que d'ébaucher sa vision fondatrice d'une nouvelle France. Combinant leurs forces obscures, les Pharisiens et les Romains l'avaient empêché de la déployer.

Bien aidée par des hommes politiques aigris car évincés du pouvoir, la partie la plus moisie, la plus rance d'une France raciste, jalouse et étriquée s'était insurgée contre l'élan proposé. Tous contre un, disaient-ils, surtout si celui-ci a osé proposer à la Nation un chemin susceptible de réussir. Nous ne permettrons pas d'agrandissement du gâteau tant que notre propre part n'aura pas été augmentée en premier, disaient en substance les uns. Nous préférons le déclin collectif plutôt qu'un redressement porté par quelqu'un qui ose ne pas nous ressembler, pensaient les autres. Bon, il fallait leur reconnaitre que la capacité de rassemblement ne figurait pas parmi les premiers talents de Macron.

Maxime le regrettait, mais à l'échelle de la Nation, ce refus d'obstacle ne reflétait ni plus ni moins que la stratégie de la CGT, un syndicat qui préférait systématiquement la fermeture de l'usine, et le licenciement de l'ensemble des salariés, à l'instauration d'une dose de flexibilité dans l'organisation du travail qui aurait permis le sauvetage de quelques emplois. Plutôt tous mourir avec nos idées que d'en sauver un maximum avec les idées d'un autre. Une bien belle illustration d'égoïsme, de la part de ceux qui sautent comme des cabris en revendiquant la solidarité. Et ce, jusqu'au suicide.

Cette logique confinait évidemment à l'absurde et à l'immoral, mais, accident de l'Histoire ou accélération inévitable d'un déclin choisi, c'est cette France-là qui avait, sur un coup de dés, gagné la partie, précipitant le pays dans la catastrophe. Peut-être qu'en 2017, après des décennies d'incurie, de lâcheté et d'incompétence des pouvoirs successifs, il était déjà trop tard, même pour Lui, se disait Maxime Lebreton pour n'avoir aucun regret. Entre les 25 % récoltés par les fascistes et les 19 % de l'extrême-gauche bolivarienne à l'élection présidentielle, c'était 44 % du corps électoral, et près de 50 % en comptant les autres candidats antisystèmes, qui, manipulés par les populistes et gorgés d'idées folles, envisageaient délibérément, voire joyeusement, le suicide de la nation et la guerre civile. Au fond, l'erreur, finalement candide et généreuse, des démocrates en général et d'Emmanuel Macron en particulier, face aux extrémistes, était souvent la même : on voulait croire que ces braves gens, pour qui la vie n'avait jamais été facile, ne se rendaient pas compte de ce qu'ils disaient et de ce qu'ils pensaient. Les pauvres étaient victimes de leur environnement économique et social, de leur éducation, dont les démocrates et les technocrates au pouvoir sont comptables et responsables. Une analyse bien-pensante conduisant quasiment mécaniquement à la mansuétude et à une culture de l'excuse dévastatrice. Mais au-delà de l'infantilisation sous-jacente, une telle approche faisait surtout l'impasse sur la responsabilité, sur l'empowerment individuel, qui était le marqueur indépassable d'une société mature.

Les Français, une société mature ? Quelle blague.

Une grande partie d'entre eux n'avait eu pour seul mérite que de naître au bon endroit et à la bonne époque, pour se voir offrir sur un plateau la démocratie, des élections libres et l'État de Droit. Mais aussi la liberté de culte, la liberté de la presse, la liberté de manifester et d'insulter le pouvoir, si ça leur disait. Ou encore la liberté de circuler et de voyager, subventionnés par la collectivité.

Des individus assez obtus pour s'être auto-convaincus, ou laissé convaincre, qu'ils vivaient sous une insupportable dictature. Des gens qui avaient droit à des soins quasiment gratuits, le droit du travail le plus protecteur du monde, une retraite garantie, l'assurance-chômage, l'assurance veuvage, une fonction publique digne de l'Armée Rouge, l'interdiction de travailler trop longtemps, un État-nounou les bichonnant du berceau au tombeau. Mais qui étaient persuadés qu'ils vivaient dans une jungle ultra-libérale. Sans savoir de quoi il s'agissait vraiment.

Alors que Macron le spécialiste en fusions-acquisitions le savait très bien, lui qui en était le produit.

Les Français, des individus qui vivaient à l'époque de Macron dans le pays le plus égalitaire et redistributif du monde, où chaque cadre ne percevait en revenu net qu'à peine le tiers de ce qu'il coûtait à son employeur (si ça, ce n'était pas de la redistribution...). Et qui à tout bout de champ hurlaient à l'injustice sociale, au déni de solidarité de la part des riches, ces salauds. Il y avait peut-être une règle inversée ici, pensait Maxime Lebreton. Plus un système est généreux et redistributif, plus les récipiendaires dudit système considèrent que celui-ci est dû. Et moins ils en sont reconnaissants. Bien au contraire, à force de perfusion d'argent gratuit, ils n'en voient plus ni la valeur, ni le coût. Et, pour optimiser leur part, mordent la main qui les nourrit. On le sait, au-delà d'un certain niveau de pression fiscale, les agents économiques ne sont plus incités à créer des richesses. De même, peut-être qu'au-delà d'un certain niveau de prestations sociales, la générosité imposée devient-elle socialement contre-productive ? Et transformerait en loups agressifs ceux qu'un généreux système voulait initialement aider.

Les Français, des hommes et des femmes qui avaient eu droit, et pour leurs enfants après eux, à l'école gratuite, à du soutien scolaire à tout-va, à une université gratuite et, disons-le, à peine sélective. Mais qui hurlaient à l'inégalité des chances parce qu'il y avait un premier de la classe qui leur faisait l'insulte de suivre les cours, de respecter l'autorité des professeurs et de faire des devoirs à la maison, juste pour se construire un avenir. Et ce plutôt que de faire le piquet de grève comme tout le monde. Pour être plus juste, ils se mettaient à hurler dès qu'il y avait un premier dans la classe, pour atteinte intolérable à l'égalité entre les citoyens, probablement l'effet d'une quelconque tricherie ou d'un déterminisme tout bourdieusien.

Les Français, des hommes et des femmes qui s'étaient enfermés dans un tel déni de réalité, un tel univers mental tissé de mensonges et de pseudo-idéologie qu'ils avaient préféré saborder leur pays, leurs droits élémentaires et leur niveau de vie, plutôt que d'envisager de changer d'avis. Convaincus de leur bon droit et de la justesse de leur combat, ils avaient sacrifié leur présent, leur futur, et celui de leurs enfants, plutôt que d'admettre qu'ils pouvaient se tromper. Plus les choses se détérioraient, plus ils s'entêtaient dans leur entreprise enragée et haineuse de destruction. Comme les Juifs avaient crucifié le Fils de Dieu, ils avaient refusé la Lumière de l'Envoyé. Et choisi le côté obscur mais réconfortant d'un régime où le mensonge régnait.

« Ce n'est pas parce qu'ils sont nombreux à avoir tort qu'ils ont raison », avait justement dit Coluche, prémonitoire. Maxime Lebreton aurait pu ajouter que ce n'était pas parce qu'ils étaient sincères dans leur colère et dans leur folle passion égalitaire qu'ils avaient raison. À ce niveau-là, cela ne relevait plus de la conviction acharnée, c'était bien plus français. C'était de la pure connerie.

Même des années plus tard, même en faisant la part des choses entre ceux qui tenaient le manche et ceux qui n'avait été que des témoins passifs mais complices de la catastrophe (les Gilets Jaunes n'étaient-ils pas, selon les sondages de l'époque, soutenus par plus de la moitié, voire les deux tiers des Français ?), Maxime Lebreton en aurait hurlé devant tant de gâchis. Et devant ce qui était arrivé à son beau pays. À sa Terre Promise.

Certes, l'époque n'était un lit de roses pour aucun de ses concitoyens. Mais comme nulle part ailleurs dans le monde, ceci dit. L'horizon immédiat d'un pays en voie de désindustrialisation, de déclin démographique et de catalepsie politique n'était pas rempli que de promesses, personne ne l'avait jamais nié. Emmanuel Macron avait même été élu pour s'attaquer à ces maux. Améliorer, réparer, transformer les choses. Sauver ce qui marchait encore, réparer ou supprimer ce qui échouait. Et créer de nouvelles opportunités pour chacun, faibles comme forts, tout en inventant un futur collectif à la Nation. Au fond, la conviction sous-jacente de Sa politique, était que la liberté venait avant l'égalité. Car l'extension du champ des projets individuels envisageables dans une vie, la multiplication des trajectoires possibles, l'obtention de succès dont on pourrait être fier, finiraient par faire oublier la quête chimérique et mortifère d'une égalité parfaite.

Las. On ne lui avait pas laissé le temps d'avoir raison. Au lieu de constituer une frontière à franchir collectivement, la difficulté dans la vie de tous les jours avait été montée en épingle. Et avait finalement composé une justification redoutablement efficace, voire imparable aux violences. Violence urbaine contre violence sociale, disaient les manipulateurs, dans leur hérésie philosophique...

Maxime Lebreton n'en voulait pas à Emmanuel Macron d'avoir fini par lâcher la barre dans la tempête. Même si cela signifiait de les avoir abandonnés. Comment aurait-on pu le lui reprocher ? Après avoir déployé tant d'énergie, tant d'efforts, tant d'abnégation, après avoir subi tant d'insultes, tant de menaces, comment lui en vouloir d'avoir préféré hausser les épaules ? Et d'avoir refusé de continuer à porter sur celles-ci un monde qui lui crachait à la gueule. Nul n'est surhumain, pas même Emmanuel Macron. (Maxime se retourna machinalement pour vérifier que personne derrière lui ne l'avait entendu blasphémer de la sorte.)

Mais s'il ne lui en tenait pas rigueur, il s'était juré, et c'est au fond ce qu'il expliquait à Florent tout en conduisant, de continuer à faire vivre leur rêve commun, leur Grand Œuvre. Celui qu'ils n'avaient fait qu'ébaucher avant que ne survienne la catastrophe.

*

Interlude : Rachel & Samuel

« Péage libéré » de Montreuil-aux-Lions, Autoroute A4

« Stop, mettez-vous sur le côté et arrêtez le moteur ! ».

Le ventre noué, Samuel obtempéra et gara le Mégane Scénic Diesel hors d'âge devant le groupe de Gilets Jaunes qui, réuni autour d'un brasero et des bières à la main, tenait fermement ce qui avait autrefois été un péage exploité par la Société des Autoroutes du Nord et de l'Est de la France, la SANEF. S'il ne restait de ce péage comme des autres que des ruines carbonisées, les patrouilles autoroutières de la Milice Citoyenne étaient tout aussi efficaces que les anciennes installations , pour créer des embouteillages. Une longue file de véhicules attendant d'être contrôlés s'étendait dans les deux sens. Samuel soutint quelques secondes le regard de Rachel, vérifia que le gilet jaune roulé en boule était bien visible sur la lunette avant, puis ouvrit sa fenêtre.

« Alors, citoyen, on vient d'où et on va où comme ça, avec sa petite famille ? l'interpella un grand type baraqué, au teint rougeaud.

– Bonjour citoyen, nous venons de Paris et allons à Châlons-en-Champagne passer du temps en famille. On s'éloigne de l'arrogante

Métropole pour goûter à nouveau au charme et à la douceur de la France périphérique, en quelque sorte.

Son arme bien en évidence, le milicien s'appuya sur le bord de la fenêtre. Samuel put sentir l'odeur de la bière tiède emplir l'habitacle.

– Tu te moques de la Province, citoyen parisien ?

– Euh non, pas du tout, nous vivons certes à Paris, mais à notre corps défendant.

– À votre quoi... ? Qu'est-ce que tu racontes, citoyen ?

– Contre notre gré, si vous préférez. Vous savez, à Paris, il paraît qu'il resterait des bourgeois capitalistes et des intellectuels, voire quelques macronistes planqués. C'est pourquoi nous préparons notre déménagement définitif dans le Grand Est.

– Mouais, vous avez bien raison. Mais dis-moi, citoyen, il est bien neuf ton gilet jaune, et elle est bien pleine, ta voiture, c'est bien à Châlons-en Champagne que vous allez ? Pas à Varennes, hein ?

Surpris de la référence explicite, Samuel sentit un grand froid dans son dos. Le milicien était beaucoup plus malin qu'il n'avait bien voulu le montrer. Et avait flairé l'entourloupe. Faire l'idiot, c'était désormais se condamner. Hésiter, c'était quasiment avouer.

– Citoyen milicien, je vais bien à Châlons. Je quitte Paris avec ma famille pour y reconstruire une vie plus simple et plus authentique, avec un boulot dans le domaine agricole. Comme tu t'en doutes, j'ai eu ma vie avant, sous l'ancien régime, mais c'est le cas de nombre de nos concitoyens qui ne sont pas pour autant des Marcheurs cachés. Contrairement à ce que tu sous-entends, jamais je ne quitterai mon pays, qui m'a tout donné.

– Ah oui ? Et qu'est-ce que tu penses de ce que la Révolution des Gilets Jaunes a apporté au pays ?

– J'en pense sincèrement que la France est un meilleur endroit où vivre qu'elle ne l'a jamais été. Regarde autour de toi, citoyen. Regarde les voitures autour de nous, qui illustrent une société enfin égalitaire. Regarde le diesel gratuit dont je remplis ma voiture. Regarde cette autoroute, autrefois payante et exploitée par des géants capitalistes, aujourd'hui libérée. C'est grâce à des gens comme vous, qui avez pris le contrôle de ces grands axes qui sont les artères de notre pays, que la liberté de circuler a enfin été rétablie !

Samuel arrêta sa diatribe. L'espace d'un instant, il eut peur d'avoir à nouveau été un peu trop loin.

– D'accord, citoyen. Tu m'as l'air d'un bon Français. Mais dans ta route vers le Grand Est n'oublie pas de t'arrêter avant la frontière avec les Boches… »

Chapitre 5. Hémorragies

«Je suis force jaune devant, marron derrière.»
Les Inconnus

Franck Rollo

Paris, Place Beauvau

De retour dans son bureau, le grand Citoyen Franck Rollo, toujours agacé par le Président sénile et toujours furieux de la façon dont le Russe l'avait traité, retira son gilet jaune, qu'il balança dans un coin, et s'accorda une clope et une bière.

Détendant peu à peu sa grande carcasse, s'affaissant dans son fauteuil, les pieds sur le bureau, il contempla les moulures centenaires de la pièce. Puis, sa bedaine qui s'échappait d'une chemise beaucoup trop cintrée pour lui.

Il n'avait jamais été vraiment mince, mais en ce moment, il engraissait comme un bourgeois capitaliste. À ce rythme, le Grand Citoyen Picard allait finir par le faire arrêter. Ah ah. De meilleure humeur, il se saisit de son Sig Sauer et recommença à jouer avec ce qui était l'arme de service officielle de la police nationale française en 2019.

Celle-là, il l'avait piquée sur un flic qu'ils avaient coincé et laissé pour mort au cours d'un des « épisodes Gilets Jaunes » du printemps 2019. Encore un connard qui avait préféré suivre les consignes et se laisser tabasser plutôt que de se défendre avec son arme de service.

Franck Rollo posa son nez sur le canon et sentit l'odeur de poudre toujours présente, des années après. L'arme avait déjà servi. Sourire aux lèvres, il fit tourner autour de son doigt le Sig Sauer Pro 2022. Une arme si légère, si maniable. Et l'arme avec laquelle il avait abattu cette petite pute de gauchiste qu'il reluquait depuis un moment et qui avait refusé de le sucer un soir d'émeute de juillet, dans un recoin sombre du tunnel du Louvre. L'incompréhension dans ses yeux quand il l'avait frappée, sa peur à la vue de l'arme, son incrédulité quand il avait tiré, quelle jouissance, quelle puissance ! Et quelles conséquences ! Au vu de la suite des évènements, se dit-il avec ironie, lui refuser cette fellation au milieu des gaz lacrymogènes avait été le plus beau cadeau qu'elle pouvait lui faire.

On ne faisait décidément pas d'omelettes sans casser des œufs.

*

«*Les choses les plus difficiles à confesser ne sont pas les crimes, mais les actes ridicules et honteux.*» Jean-Jacques Rousseau

Olivier Brelle

Paris, Église Saint-Nicolas-du-Chardonnet

«Mon Père, j'ai péché et je souhaiterais me confesser».

La petite cabane en bois était emplie de l'odeur écœurante de vieux bois verni et d'encens. Même le Rond-Point Citoyen puait moins. Assis dans l'obscurité d'un petit confessionnal de sa paroisse, Olivier Brelle chuchotait à travers une grille à son confesseur, un de ces vieux intégristes sortis de leur retraite par la Révolution Jaune et confortés dans leur délire réactionnaire.

«À travers moi, c'est le Christ qui vous écoute, mon Fils. Il sait que pèsent sur vos épaules de bien lourdes responsabilités.

– Mon Père, pour parvenir à ces responsabilités, j'ai dû mentir et trahir. J'ai d'abord trahi Jean-Marie Le Pen en rejoignant Bruno Mégret pour fonder le MNR, je vous épargne les détails. Puis j'ai trahi Mégret pour rejoindre Marine Le Pen. Après son regrettable assassinat, j'ai ensuite trahi l'héritage de celle-ci en m'alliant avec les Insoumis de Mélenchon, son ennemi juré.

Olivier Brelle omit de mentionner un autre petit péché que personne n'avait besoin de connaître. Peu importe, il avait très proprement effacé toute trace de connexion entre sa propre personne et l'assassin philippotiste de Marine Le Pen qu'il avait si opportunément mis en situation dans l'entourage immédiat de la grosse poissonnière.

– Ce sont les vicissitudes de votre difficile métier, mon Fils. Les manœuvres que vous décrivez relèvent probablement des impénétrables chemins que Notre Seigneur choisit pour répandre son message auprès de ses fidèles et montrer la lumière à ceux qui s'en sont écartés.

C'est par exemple grâce à votre arrivée au pouvoir que l'infâme et contre nature loi Taubira a été abrogée. En participant à cette juste cause, vous avez servi le Seigneur, qui vous pardonne les moyens employés.

Son confesseur était décidément très compréhensif, se détendit Olivier Brelle.

– Mon Père, je confesse que j'ai cédé des morceaux de la France à des puissances étrangères, j'ai trahi la Nation.

– Mon Fils, vous avez fait cela pour garantir un destin à la fille aînée de l'Église pendant des temps très troublés. Si vos desseins étaient purs, le Seigneur ne considère pas cela comme un péché.

– Mon Père, je viens d'obtenir du Rond-Point Citoyen l'expropriation des biens des Juifs de France au profit des caisses de l'État.

– Mon Fils, vous avez fait cela pour nourrir les enfants du Seigneur, ce qu'Il ne peut à nouveau considérer comme un péché. Par ailleurs, les Juifs d'aujourd'hui sont les héritiers du peuple déicide, égarés sur notre territoire. Ils refusent depuis deux mille ans de suivre les voies du Seigneur et ne révèrent que le commerce et le Veau d'or. Dois-je vous rappeler que notre Seigneur Jésus-Christ a condamné les pharisiens comme les marchands du Temple ?

Si même cela passait – l'antisémitisme du vieux curé permettant d'absoudre apparemment tous les péchés – il allait pouvoir vraiment vider son sac et s'économiser une séance de psychothérapie.

– Mon Père, je dois vous avouer que j'ai été, et que je suis toujours, frappé du péché capital de l'envie, ainsi que de la jalousie. Je... je reste obsédé par Emmanuel Macron, même après toutes ces années. Sa destruction, son effacement, voire son oubli laissent un vide, un manque. C'est un sentiment qui me taraude régulièrement, me rend malheureux et obscurcit mon jugement.

– Mon Fils, ce tyran aux accointances juives, et dont nous soupçonnons fortement qu'il soit un sodomite, a fait tellement de mal à la France, qu'il est normal de l'exécrer comme de juste.

– Mais il m'a volé mon rêve ! Quand il a été élu président, il a non seulement accompli mon ambition, mais en capitulant et s'enfuyant, il me l'a rendu inaccessible !

– Mon Fils, je comprends vos questionnements, mais ne vous laissez pas détourner des voies qu'a tracées pour vous le Seigneur. Souvenez-vous que l'individu dont vous parlez souhaitait mettre en œuvre ces ignobles PMA et GPA, qu'il vivait en couple avec une femme divorcée, qui aurait pu être sa mère, et qu'il avait séduite à l'âge adolescent. Si c'est en quelque sorte votre rival, c'est aussi un jumeau obscur, animé par le Malin.

– Mon Père, vous ne comprenez pas, Macron est arrivé au pouvoir par la seule force de sa volonté, de son intelligence et de son travail. J'y suis arrivé par la ruse et les manœuvres d'appareil. Il était certes insupportablement arrogant mais aussi indéniablement beau, intelligent, à l'aise, bienveillant, presque christique. Il avait mon âge mais au fond, il m'était incomparablement supérieur. Et il a été élu président en 2017 en humiliant la grosse Le Pen, que je soutenais. Ce jour-là, j'étais dans le studio, j'ai méprisé la vieille et je l'ai admiré, lui. Je n'ai ensuite jamais cessé de le détester, mais également, en secret, de l'admirer, ce qui me donnait une raison supplémentaire de le haïr. Une fois Président, alors que le Peuple le vomissait, il a continué d'appliquer et de défendre ses idées, qui ne sont pas les miennes, sans transiger sur ses principes, alors que je n'ai cessé de trahir les miens. Et maintenant, je suis quasiment arrivé à sa place, mais par des voies très différentes, voire par un accident de l'Histoire. Vous comprenez, j'ai le pouvoir maintenant, j'ai gagné la partie, tandis que lui croupit dans les Poubelles de l'Histoire. Mais avec sa disparition, il ne me reste que le dégoût de moi-même, de mes échecs et de mes compromissions. Alors, si je n'ai pas réussi à abattre ce ressenti en moi, n'est-ce pas finalement lui qui a gagné la partie ?

– Mon Fils, reprenez-vous, la haute charge qui est la vôtre ne doit pas être facile tous les jours. Et de fait, Dieu vous pardonne vos questions et vos errements, il vous pardonne même justement à cause de ces errements, qui sont profondément humains. Le Christ lui-même a douté, avant d'accepter la Croix. Mon Fils, Dieu se tient à vos côtés, il vous soutient dans votre combat contre les forces du Mal juives et sodomites. »

Décidément, cette conversation se transformait en un pénible cul-de-sac. Obsédé par ses propres marottes, le vieux prêtre ne faisait aucun effort pour comprendre ce qu'Olivier Brelle lui disait. Non content d'avoir réussi à l'irriter, il était aussi parvenu à lui faire déballer tout ce qu'il avait sur le cœur.

Il s'était laissé aller, il lui en avait beaucoup trop raconté. C'était très agaçant, cette faiblesse qui le prenait parfois.

Et maintenant, il allait devoir faire arrêter le vieux curé.

*

« La violence engendre la violence. C'est pourquoi la plupart des révolutions se sont perverties en dictatures. »
Václav Havel

Xavier Picard

« Salopards de papes, toujours prêts à piller le Peuple pour s'enrichir et se construire des palais. » De retour vers Paris, assis seul dans une rame de TGV vidée de ses passagers, Xavier Picard observait sur sa droite le Palais des Papes d'Avignon, éclairé par un magnifique coucher de soleil provençal. Les ruines et les monuments historiques déclenchaient souvent en lui des envies d'analyse historique lapidaire.

Au fond, Mélenchon était comme ces papes, il avait été corrompu par le pouvoir, l'argent et les femmes. S'il s'était un temps rêvé Robespierre, c'était une pure escroquerie, du *storytelling* pour les gogos. Il avait été bien sympa en le comparant à Danton, qui était un personnage historique d'une certaine grandeur. Au mieux, c'était un Danton dernière époque, variqueux et bouffi d'orgueil, libidineux et corrompu, croupissant en prison en attendant son destin.

Tout cela confirmait encore une fois ses intimes certitudes. Au bout d'un certain temps, ou bien à un certain niveau de pouvoir, l'argent corrompait tout le monde, même les plus endurcis, même les plus idéologues. Il fallait une volonté morale supérieure pour ne pas chercher à s'élever en écrasant les autres. Et faire authentiquement partie du Peuple, vivre de joies simples, de camaraderie, d'entraide et de troc. À chacun selon ses besoins, pas à chacun selon son avidité.

C'est pourquoi il ne fallait jamais baisser la garde ni cesser le combat de la traque aux riches. Pour une partie d'entre eux, cela avait été facile, ils avaient leur classe sociale et leur pognon gravés sur le front. On les avait effarouchés, beaucoup s'étaient enfuis à l'étranger. On les cherchait, on les forçait à payer leurs impôts, même s'ils s'étaient exilés. La politique d'expropriation des Juifs décidée la veille par ce fasciste d'Olivier Brelle, même si elle ne correspondait pas à son logiciel gauchiste originel, recoupait finalement assez bien son objectif. Factuellement, les Juifs tenaient des boutiques, souvent en famille, ils pratiquaient la finance, grâce à leurs réseaux occultes, ou exerçaient des professions libérales, en se revendant des charges entre coreligionnaires. Soit le terreau idéal pour capitaliser, sou après sou, sans solidarité avec autrui, et pour construire des positions sociales dominantes. Et surtout pour fissurer, génération après génération, l'égalité entre les citoyens.

Toutefois, son approche devait rester d'inspiration sociale et elle lui imposait d'aller encore plus loin, sans se focaliser sur les races ou les religions. Il fallait rééduquer les bourgeois, les empêcher de se reproduire. Sa mission serait accomplie le jour où il n'y aurait en France que le peuple, rien que le peuple, tout le peuple.

Chaque écart de salaire, de revenu, de patrimoine, de statut, le révulsait. La passion égalitaire de la France, c'était lui. Il sortit de son sac à dos plusieurs projets de décrets. Le premier permettait l'arrestation de chaque individu suspecté d'avoir du patrimoine ou des revenus cachés, sur simple soupçon ou information. Le deuxième autorisait l'ouverture et prévoyait le financement de quarante camps de rééducation sociale des mauvais citoyens. Le troisième permettait la mise à l'écart et la prise en charge par l'État d'enfants dont les parents avaient été identifiés comme de mauvais citoyens.

Le dernier, enfin, concernait la sentence de Jean-Luc Mélenchon. Et en ordonnait l'application immédiate. Évidemment, Mélenchon n'avait pas préparé de coup d'État. À ce moment-là, il était déjà trop isolé, trop détesté. Ça avait d'ailleurs été un jeu d'enfants de rassembler des preuves et des témoignages contre lui. Ce n'est pas comme s'il était dépourvu d'ennemis, le bougre. Et puis ce n'était pas comme si la justice était regardante, ni indépendante, de nos jours. Après, il était cramé politiquement, mais toujours nuisible. Avec lui, on ne savait jamais : le gars était une sorte de phénix politique, plusieurs fois ressuscité de ses cendres et de ses échecs. En 2012, en 2017, à chaque fois, après une petite dépression, il était revenu dans le jeu. Mais pas cette fois.

Xavier Picard signa les quatre décrets.

*

« Grattez le Russe et vous trouverez le Tartare. »
Joseph de Maistre

Sergei Molotov

Molotov avait menti à son hôte américain.

Mais cet imbécile ne comprenait, de toute façon, que le rapport de force. La Russie n'avait évidemment aucune intention d'envahir ou de conquérir la France, physiquement s'entend. Non seulement le pays était géographiquement trop éloigné de la Mère Patrie pour raisonnablement pouvoir être intégré à un quelconque empire, mais la démographie russe, déclinante, ne se prêtait pas à une entreprise absurde d'occupation militaire et encore moins à une colonisation. Ça, on l'avait bien compris des aventures lamentables de ce crétin de Napoléon. L'objectif de leur entreprise de déstabilisation, puis d'assistance intéressée aux Français, c'était évidemment l'extension de la sphère d'influence russe en Europe occidentale.

La Russie avait conscience de ses faiblesses stratégiques. En matière de population, de capacité d'innovation industrielle et technologique et en termes de puissance financière et commerciale, elle se savait beaucoup plus faible que les États-Unis et la Chine des présidents à vie Trump et Xi Jinping. Elle avait également beaucoup moins d'alliés que les deux autres grandes puissances. En revanche, elle disposait d'abondantes ressources en matières premières, d'une armée toujours redoutable et de services secrets efficaces. Par ailleurs, elle avait toujours comme atout tactique ce cynisme et cette brutalité, issus de la Guerre Froide, qui faisaient si peur aux plus faibles, au point de les transformer en collaborateurs serviles. Malgré l'agressivité à peine voilée de son pays, Molotov avait à ce titre toujours été étonné du courant d'amitié pro-russe largement en vogue dans la classe politique française d'avant la chute de l'ancien régime, de Mélenchon à Le Pen, de Fillon à Sarkozy. Ceci dit, les Chinois avaient bien mis Raffarin et Martine Aubry dans leur poche, à l'époque.

Enfin, arme ultime, la Russie avait développé des capacités uniques de cyber attaque et de déstabilisation des régimes démocratiques, désormais éprouvées.

Dans la course à mort qui se jouait avec les Chinois et les Américains, et pour éviter le déclin de la Grande Nation, il fallait reprendre l'offensive, redonner un élan au peuple russe, reconstruire un empire. Ainsi que les marches qui feraient office de tampon protecteur à cet empire. La constitution des premières enclaves, à Courchevel, à Nice et à Paris, n'était destinée qu'à endormir les Français sur les intentions des Russes. Les enclaves ne servaient qu'à la représentation diplomatique, au business et au plaisir. On allait maintenant passer aux choses sérieuses. La mise à disposition de la rade de Toulon allait doter la Marine russe d'un accès à la Méditerranée occidentale, vieux rêve tsariste. Encore mieux, l'utilisation de Brest ouvrirait un accès illimité à l'Atlantique Nord, bien plus pratique que celui offert par les bases de la Mer Baltique. Très bientôt, les héroïques pilotes de Soukhoï se régaleraient à faire des passages surprise au-dessus des falaises anglaises et à effrayer les vols commerciaux. Ces imbéciles d'Américains finiraient par se réveiller et se rendraient compte, trop tard, que leur ancien pré carré ouest-européen avait changé de couleur.

La France, c'était fait. Le domino était tombé de lui-même.

La Grande-Bretagne, ce vieil et coriace ennemi de la Russie, avait de son côté parcouru un chemin comparable. Après le Brexit et le choix délibéré de l'affaissement économique et du repli sur soi, la Grande-Bretagne avait subi les coups de boutoirs sécessionnistes de l'Écosse et de l'Irlande du Nord. Devenue la petite Angleterre, le pays n'était plus en mesure d'entretenir une armée, ni une quelconque stratégie d'influence mondiale ou régionale. Trop occupés à se regarder le nombril et à rêver à leur Empire perdu, les Anglais ne représenteraient plus jamais une menace.

Il restait l'Allemagne, ce vieil adversaire, qui tenait encore son rang de puissance économique et politique, faisant tant bien que mal survivre au nord de l'Europe un petit bout de monde libre. Sa vassalisation programmée conférerait à la Russie un accès terrestre vers la

France et l'océan Atlantique. Ainsi que – enfin ! – le total contrôle et l'accès aux ressources et débouchés de la péninsule occidentale de l'Eurasie. Les prétentieuses Routes de la Soie des Chinois s'arrêteraient au Kazakhstan et n'iraient pas plus loin.

Pour s'occuper de l'Allemagne, la Russie avait besoin d'une menace française qui lui permettrait de jouer les pacificateurs, en contrepartie de concessions et de droits de passage. Et c'est pourquoi il allait avoir besoin d'un bout d'armée française encore en état, pour les prendre en étau. Molotov pouvait compter sur ces pantins de Rollo, Brelle et Picard, bien aiguillonnés par leurs lubies révolutionnaires et antieuropéennes, pour remettre sur pied une armée française digne de ce nom, et très encline à franchir le Rhin pour montrer à l'ennemi historique de quel bois les Gaulois se chauffaient…

Décidément, tout au long de l'Histoire, la famille Molotov n'aurait jamais été tendre avec les Français…

*

«Je ne savais pas que c'était si simple de faire son devoir quand on est en danger». Jean Moulin

Maxime Lebreton

Quelque part dans les Vosges

«Maxime, ça sent pas bon, nous avons de la compagnie». La voix blanche de Fred, qui conduisait la camionnette où s'étaient entassés plus d'une douzaine de réfugiés, le mit en alerte.

«Que se passe-t-il?

– J'ai eu un appel d'un de mes indics dans une ferme, près de Mertzwiller. Il y a plusieurs véhicules de la milice d'Haguenau qui sont maintenant sur la route menant à Lembach. Ils sont à peu près à quinze minutes derrière nous.

– Merde. Ils savent où on est. Ils ont dû pister les familles. Il faut passer par le col, pas le choix. Si on continue par la départementale, on arrive à Fleckenstein et à la frontière, c'est un cul-de-sac.

– Oui mais si on tourne vers Niedersteinbach et qu'on commence la montée à pied, ils nous rattraperont avant l'Allemagne, surtout avec les enfants.»

Maxime Lebreton resta silencieux. Ensemble, ils avaient tant de fois réussi à faire passer des réfugiés en Allemagne, à les rendre à la vie. Des centaines en quelques années, qui retrouveraient goût à la liberté dans un pays encore bienveillant, avant de se disperser vers les Pays-Bas, la Suisse ou la Belgique, comme naguère les Huguenots pourchassés. Et certains prépareraient, depuis là-bas, la renaissance de la France et du Macronisme.

Il fallait que ceux d'aujourd'hui passent également, surtout les enfants. Il n'y avait pas d'autre solution.

« Bon Fred, écoute-moi. Nous allons nous arrêter, et tu vas prendre avec toi les réfugiés qui sont dans ma camionnette.

– Mais Maxime...

– Fred, tu la fermes et tu obéis. Avec les deux camionnettes, tu prends l'embranchement à la chapelle, tu planques les véhicules dans les sous-bois, et vous montez le plus rapidement possible jusqu'au col, en portant les enfants. Ça devrait vous prendre une heure.

– Très bien Maxime, d'accord. Mais toi, tu vas faire quoi ?

– Je vais faire ce que je peux pour vous faire gagner suffisamment de temps. On a un quart d'heure d'avance, ils mettront un autre quart d'heure à trouver l'embranchement et à repérer vos traces. Je vais me faire remarquer, les attirer et vous offrir la demi-heure manquante. Avec un peu de chance, j'arriverai à m'enfuir et à me planquer dans une grange.

– Putain Maxime, tu sais très bien ce qui va se passer. Et surtout ce qui t'attend quand ils vont comprendre qui tu es.

– Justement, ça sera la pêche miraculeuse, pour ces infidèles, ça devrait les retarder assez. Quant à toi, tu restes en Allemagne avec Amélie et tu attends les ordres de Maldini.

Quand il raccrocha, Maxime Lebreton croisa le regard bleu de Florent, qui avait tout entendu et le fixait, figé. Serein, il lui sourit.

– Ne faites pas cette tête, tout va bien se passer.

– Je ne sais pas quoi dire. Vous savez très bien que vos chances de vous en sortir sont très réduites.

– On verra bien, j'ai connu pire.

– Il y a bien quelque chose que l'on puisse faire ?

– Eh bien, Florent, souvenez-vous de notre discussion, quand vous serez libre, de l'autre côté, et portez Son message, qui devient aujourd'hui le vôtre.

– Je m'y engage, Maxime, répondit Florent en lui serrant l'épaule. Ça a été un honneur de croiser votre route. »

Deux kilomètres plus loin, avisant un virage et un sous-bois offrant une légère protection, Maxime Lebreton arrêta son véhicule, bientôt suivi par les deux autres vans. Les réfugiés du premier véhicule en descendirent, jetant un dernier regard reconnaissant au conducteur, mais ne lui murmurant au passage qu'un timide « merci », comme s'ils craignaient de prononcer une parole qui ne soit pas à la hauteur du sacrifice auquel ils étaient en train d'assister. Une fois son véhicule évacué, Lebreton prit une grande respiration et fit demi-tour. Il lança au passage un signe de la main à Fred et Amélie. Et lui qui avait tellement de mal à se décrisper quand il était Ministre de la République, leur adressa le sourire apaisé de celui qui ne doute plus.

Fermant la marche du petit groupe, portant chacun un enfant sur les épaules, Fred et Florent passaient la borne marquant la frontière quand ils entendirent les coups de feu, dont l'écho remonta de la vallée vers les hauteurs du col. La vingtaine de réfugiés, la résistante Amélie ainsi que les garde-frontières allemands qui les accueillaient, tournèrent la tête vers la France, ne pouvant qu'imaginer la violence qui s'y déchaînait et le nouveau drame qui s'y déroulait.

« Mon Dieu, Maxime...

– Il le savait en y retournant. On lui doit de continuer ce qu'il a commencé, murmura Florent.

– Merci, on trouvera le temps de voir ça plus tard. Maintenant, s'il vous plaît, laissez-moi le temps de pleurer mon ami. »

*

Épilogue. Épidemie

Rachel & Samuel

Banlieue de Munich, *hot spot* d'accueil des réfugiés français

« Il fallait que ce soit Munich ! C'est sûr qu'ils l'ont fait exprès, les schpountz », grogna Samuel.

Le couple était assis depuis environ une heure dans un préfabriqué mal chauffé en compagnie d'autres familles. Il y avait là de nombreux enfants, mais l'ambiance était calme, apaisée et empreinte de soulagement. Une équipe de volontaires, généralement des garçons et des filles assez jeunes, leur avait proposé des boissons et des sandwiches, qu'ils avaient eu la délicatesse de prévoir au poulet ou au thon, en s'excusant qu'ils ne soient pas au niveau de la gastronomie française.

Certains leur avaient même glissé quelques mots de réconfort dans un français hésitant.

Quelques heures plus tôt, après l'épuisant passage à pied de la frontière franco-allemande au travers du massif des Vosges du Nord, ils avaient suivi les agents de la police allemande qui les avaient accueillis avec tous les égards possibles. Ils avaient d'abord été conduits vers le ravissant village frontalier de Schönau – désormais transformé en base d'accueil des exilés fuyant la France – puis avaient embarqué dans un car rempli de réfugiés. Après plus de quatre heures d'un demi-sommeil agité, ils avaient été conduits dans un bâtiment sans âme à la périphérie de Munich, où ils attendaient leur enregistrement administratif.

« Arrête avec ça, s'il te plaît, chéri, le tança Rachel. On est tous épuisés. Et puis, reconnais que nous sommes bien traités, que les gens que nous avons rencontrés sont très gentils avec nous, comme avec les enfants. Et puis, en comparaison avec d'où l'on vient, tout est très bien organisé, ici, non ?

– Bien sûr que c'est bien organisé, on est en Allemagne ! Mais tu sais bien que ce n'est pas le problème. Ou au contraire, si, ça l'est. Ça me fait tellement mal au cœur d'avoir été obligé de me réfugier ici, tu n'as pas idée. En 1934, mes arrière-grands-parents et mes grands-parents ont franchi cette même frontière, mais dans l'autre sens, pour fuir les nazis. Et puis, réfugiés en France, ils ont été raflés par les Allemands et envoyés en camp, d'où ils ne sont jamais revenus.

– Samuel, je connais par cœur ton histoire familiale. Sois honnête, tes grands-parents ont été arrêtés par la police française pendant la rafle du Vel d'Hiv, en juillet 1942. Par des Français, pas par des Allemands, donc. Et c'est un épisode qui ressemble diablement à ce qui se passe aujourd'hui en France, tu ne trouves pas ?

– Ok, mais ça te met à l'aise qu'on soit à peine à vingt kilomètres de Dachau ?

– Mais arrête, ne t'en prends pas à moi comme ça. Qu'est-ce que tu veux que je te dise ? Moi aussi, et pour les mêmes raisons, je préférerais être ailleurs qu'en Allemagne, mais c'est ici qu'on est accueillis, et plutôt bien, je trouve. Par ailleurs, ce pays est toujours une démocratie libre, ce n'est pas comme si on pouvait en dire autant du nôtre. On est quatre-vingt ans après la guerre, de l'eau a coulé sous les ponts, et plusieurs générations se sont succédées. Elles ont non seulement assumé et tourné la page de l'Histoire que tu décris, cette même page que la France est en train d'ouvrir. De plus, les générations qui n'ont pas connu la guerre ne peuvent pas être tenues responsables des crimes de leurs grands-parents. On n'est pas en Corse, bon sang, avec des *vendetta* entre familles sur plusieurs décennies ! Et puis, les jeunes allemands sont très pacifistes et écolos. Ils ont confiance en l'avenir et, ce qui serait impensable en France, ils votent ! Tu te souviens qu'en 2015, de jeunes Allemands accueillaient des réfugiés syriens avec des fleurs à la gare de Munich ? Pas vraiment un comportement de jeunesses hitlériennes, non ?

– Et l'AFD, et les néonazis interdits par la Constitution mais toujours là ? Et les chasses aux Juifs dans les rues de Chemnitz ? Non, non, « le ventre est encore fécond, d'où a surgi la bête immonde... »

– Ça suffit, maintenant, avec ça. « La bête immonde », tu sais où elle fait son lit maintenant ? C'est sur les ronds-points de ta douce France, et ça depuis dix ans. C'est dans ta belle patrie des Lumières et des Droits de l'Homme qu'on ferme les journaux, qu'on rend un parodie de justice et qu'on crève de faim. C'est chez toi qu'on fait la chasse aux Juifs, qu'on passe des lois pour leur confisquer leurs biens et qu'on brûle des synagogues. Maintenant, tu arrêtes avec tes délires et tu penses avant tout à l'avenir de tes enfants, que ce soit ici ou ailleurs. »

*

La pierre fut lancée avec suffisamment de force depuis la rue pour faire exploser la vitre du bâtiment préfabriqué. Dehors, des hurlements gutturaux troublèrent le calme de la douce soirée bavaroise. « *Franzosen raus !* » « *Juden raus !* »

Avec précaution, Samuel se rapprocha de la fenêtre et jeta un œil. Blême, il se retourna vers Rachel. Dehors, progressait une marée humaine vindicative et vêtue de Gilets Jaunes flambants neufs. Et surtout très ordonnée.

*

FIN

Sommaire

Édité par Alopex Éditions,
S.A.R.L. Doolittle 362 ter, rue de Vaugirard
75015 Paris

Impression TYPO'Libris (U.E.)

Dépôt légal : décembre 2020